The literary coterie

볼륨

제 4집(2021)

The literary coterie

# 볼륨

강봉덕
문현숙
박진형
배세복
손석호
송용탁
이 령
전하라
최규리
최재훈

달아실

일러두기

1. 본문에서 하단의 〉는 '단락 공백 기호'로 다음 쪽에서 한 연이 새로 시작
   한다는 표시이다.
2. 보조 용언과 합성 명사의 띄어쓰기 등 본문의 맞춤법은 시인의 의도에
   따른 것임.

# 문학의 죽음을 통해
# 문학의 부활을 꿈꿉니다

사르트르는 『문학이란 무엇인가』(Qu'est-ce que la littérature?)라는 책에서 글쓰기 예술을 편견 없이 검토해 보기 위해 "쓴다는 것은 무엇인가? 왜 쓰는가? 누구를 위하여 쓰는가?"(Qu'est-ce qu'écrire? Pourquoi écrire? Pour qui écrit-on?)라는 질문에 대한 답변을 적어나갔습니다.

젊은 <문학동인 Volume>이 4집을 발간하면서 사르트르의 그러한 질문을 새삼 되새겨 봅니다. "시를 쓴다는 것은 무엇인가? 왜 시를 쓰는가? 누구를 위하여 시를 쓰는가?" 고민이 깊을 수밖에 없습니다.

이성복은 『고백의 형식들』이라는 책에서 "시란 말을 엮어 가는 과정이다. 그 과정을 통해 시 쓰는 사람은 자기가 누구이며 자기 삶이 어떤 식으로 얽혀 있는지 알게 된다."라고 했습니다. 시인 스스로가 정체성을 찾아가며 말을 엮어갑니다. 우리는 자신의 삶을 되돌아보며 문학 행위를 합니다. 반성적 사고는 깊은 사유를 수반하게 됩니다. 시는 곧 사유입니다. 시 쓰기는 생각하는 삶을 살아가게 합니다.

젊은 <문학동인 Volume>이 4집을 발간하면서 우리는 문학적으로 거듭나고자 합니다. 삶과 문학에 관한 질문을 스스로 제기하며 묵묵히 답변을 찾아갑니다.

디지털 시대에 문학의 위상은 과거와 다릅니다. 더구나 시는 고급 문학의 대표로서 대중 영합적인 장르라고 보기 어렵습니다. 흔히 시인은 많아졌는데 읽을 만한 시는 줄어들고 있다는 비판을 받습니다.

위기는 기회입니다. 문학의 죽음을 통해 문학의 부활을 꿈꿉니다. 시인은 당대의 다수 의견, 신자유주의를 기반으로 하는 자본의 폭력성, 4차 산업 혁명으로 인한 정보통신

기술의 쓰나미에 휩쓸리지 않습니다. 시인은 전혀 다른 세상을 꿈꿉니다. 상상력과 은유를 통해 인간성 회복을 이야기합니다.

　강봉덕, 김성백, 문현숙, 박진형, 배세복, 손석호, 송용탁, 이령, 전하라, 최규리, 최서인, 최재훈 시인이 모인 젊은 <문학동인 Volume>은 늘 치열한 문제의식으로 시 창작에 임하고 있습니다. 시류에 휩쓸리지 않고 오히려 시대에 맞서 문학의 역할을 생각합니다. 우리 동인은 시대를 이끌어가려는 노력을 기울이고 있습니다. 우리 동인은 자신을 변화시킴으로써 세상을 변혁하는 글쓰기를 시도합니다. 우리가 시를 쓰고, 시를 읽는 이유입니다.

2021년 8월
박진형
문학동인 Volume 회장

격려사

**구광렬** (시인, 『실천문학』 주간)

2016년 결성된 이후 줄곧 시단의 젊은 시 물결을 주도해 온 <문학동인 Volume>이 제4집을 발간했습니다.

Volume의 시는 젊습니다. 시가 젊다는 것은 시인들의 시를 향한 생각이 젊다는 것이고 그들이 지향하는 시 정신이 깨어있다는 것입니다.

심리적 거리 두기는 물론이고 물리적 거리두기마저 익숙해진 비대면 시국에 이들의 당찬 행보와 신선한 목소리가 삭막한 세화(世化)에 적잖은 청량감을 부여해 주리라 믿습니다.

강봉덕, 김성백, 문현숙, 박진형, 배세복, 손석호, 송용탁, 이령, 전하라, 최규리, 최서인, 최재훈. 12인의 시인들께 축하와 격려를 보냅니다.

그대들은 '내 안의 무기'를 장착한 스스로 행복할 예인들이며 끊임없이 실패하는 것에 주저하지 않을 강단 있는 문사들임을 기억하셨으면 하는 바람입니다.

　동인지 4집 출간을 진심으로 축하드립니다.

격려사

**이경철** (문학평론가, 시인)

젊은 시인들의 <문학동인 Volume>의 동인지 4집 발간을 축하합니다. <문학동인 Volume>은 "쓰는 사람은 무너지지 않는다. 자기 안의 표현 도구를 갖고 있기 때문이다"라고 작가 켄 윌버(Ken Wilber)가 말했듯이, 글을 쓰는 것이 가장 행복한 젊은 시인들의 동인입니다.

'동인(同人)'은 문자 그대로 뜻이 맞는 작가들의 모임입니다. 한국 근·현대 문학은 1백여 년 전부터 동인들의 활동으로 인해 본격문학, 순문학으로 발전할 수 있었습니다. <문학동인 Volume>은 2016년 겨울 결성된 이래 젊고 참신한 시 창작으로 문단의 새바람을 불러일으키고 있습니다. 동인 여럿이 신춘문예 당선, 각종 문학상 수상, 다수의 시집을 발간하며 시단의 주목을 받고 있습니다. 그런 의미에서 <문학동인 Volume>의 동인지 4집이 한국 문학사에서 중요한 이정표가 되리라 믿습니다.

코로나19 상황에서 온라인 문학 공동체이자 동인인 <문학동인 Volume>의 장점은 더욱 돋보입니다. 전국 각지에서 활발하게 활동하면서 정기총회를 오프라인에서 하기도 하지만 지역의 한계를 벗어나 매달 온라인 합평과 월례회를 하는 것은 비대면 문학 활동 상황에 최적화된 동인의 면모라고 할 수 있습니다. 앞으로도 박진형 회장을 중심으로 <문학동인 Volume>이 일취월장 발전하는 동인이 될 것을 믿습니다.

## Volume 산문

## Volume 연혁　174

초대시

# 별들의 시간

이윤학

지척에서 보았던 그 사람 얼굴을 잊고 살았다
고개를 들고 바라본 그 사람 눈동자
고운 입김으로 그 이름 부르기 위해
겨울 산 정상에서 호흡을 가다듬었다
새벽하늘은 망설임의 통로를 헤매다
발견한 그 사람의 확대된 눈동자였다
그 사람 이름 속으로 불러보면
소멸한 은하가 다시 태어나
뜨거운 피가 돌고 설렘이 시작되었다
지금은 눈물이 번지지 않는 혹한의 시간
글썽이며 흩어진 별들의 파편을
그 사람 눈동자로 돌려주기 적당한 시기
수평의 별들이 수직의 별들로 바뀐 시간을
거슬러 그 사람에게 돌아가기 적당한 시기
이 세상에서 살기 불가능한 별들을
그 사람을 닮은 새벽별들을
그 사람의 눈동자에 파종한 적이 있었다

**이윤학**

1990년 한국일보 신춘문예 당선. 시집으로 『먼지의 집』, 『붉은 열매를 가진 적 있다』, 『나보다 더 오래 내게 다가온 사람』 등 10여 권이 있음. 김수영 문학상, 동국 문학상, 불교문예 작품상, 지훈 문학상 수상.

# 포텐셜 에너지 ― 언어

**함기석**


두 개의 탄환 구멍이 뚫려 있다
생사生死를 일시에 관통당한 새가
철철 피를 흘리며 날고 있다
너의 눈동자 속
그곳은 태초의 암흑이자 최후의 설원
모든 시간들이 산산이 부서져 흩날리는 광야
혼魂과 백魄
두 개의 탄환이 무한을 날고 있다

**함기석**

1992년 『작가세계』 신인상 당선. 시집으로 『국어 선생은 달팽이』, 『착란의 돌』,
『뽈랑 공원』, 『오렌지 기하학』, 『힐베르트 고양이 제로』 등이 있음. 눈높이 아동
문학상, 박인환 문학상, 이형기 문학상, 이상 시문학상 수상.

Volume

# 詩

강봉덕

kybh007@hanmail.net

010-6567-1524

***

- 2006년 머니투데이 경제신춘문예
- 시집 『화분 사이의 식사』 (실천문학, 2018)
- 문학동인 Volume 회원(카페지기)

***

가고 싶은 곳이 생길 때마다 수요일을 구입했다
최초의 지도는 혓바닥이었다
나는 아직도 내가 살고 있는 곳을 떠난 적이 없다

# 저글링

무엇이든 던지고 싶은 욕망이 있다

식탁에 앉아 아침 식사를 던지고 사무실에서 의자를 던
지고
모자를 던지고 퇴근길에 버스를 던지고 가방을 던지고
침대를 던지는
버릇이 생겼다

지하도를 내려가면 둥둥 떠다니는 사람들
불안한 발을 잘라 주머니에 넣고

낙하와 상승의 경계에서 눈치를 살핀다

조간신문 숫자들이 흩어졌다 멈추고
모니터의 붉은 화살표가 멈추고
아파트가 허공에서 멈추고

난, 구두를 던지고 중심의 반대 방향으로 걷는다
〉

바닥에 닿기 전 다시 머리통을 던지고
바닥에 닿기 전 다시 정강이를 걷어차고
바닥에 닿기 전 다시 몽둥이를 휘두르고

바닥에 닿을 수 없는 발을 길게 내린다
내가 추락하는 속도보다 더 빨리 도망가는 바닥
발이 길어질수록 같은 극의 몸처럼 바닥은 더 밀려나고

손발을 묶고 귀를 자르고 코를 낮추고
던지기 쉽게 단단해진다
높아지지 않으면 불안한 몸은
잠을 자면서도 두 발을 번갈아 들어올린다

# 미술관 속 미술관

미술관에 와서 며칠째 잠을 잡니다
미술관 속 미술관이 있고 미술관 밖 미술관이 보입니다
벽을 지나 벽 속으로 걸어가면 그림 속에 도착합니다
그림엔 문이 없고 벽만 존재합니다
서너 개의 계절이 지나가는 동안 그림 안에서 깊은 잠을 잡니다
미술관 문이 여닫히고 그림은 여전히 어둡습니다
여기엔, 홀로 지내기 적당하고 빛이 없습니다
여기엔, 출근도 없고 퇴근도 없습니다
여기엔, 다소 늦은 아침을 먹습니다
여기엔, 늦은 잠을 자도 아무도 깨우러 오지 않습니다
여기엔, 벽 밖으로 나가도 아무도 마주치지 않습니다
여기엔, 그림 밖 세상에 대해 이야기하지 않습니다
여기엔, 잃어버릴 길도 걸어갈 길도 없습니다
여기엔, 아무것도 보지 않아도 보입니다
미술관 밖 미술관에 불이 켜지면 어두워집니다
그림 속 폭설에 두고 온 발자국이 그림 밖까지 따라옵니다
미술관 속 미술관이 견고해집니다

문이 열리면 미술관 밖 미술관이 보입니다

미술관 밖 미술관은 위험할까요

미술관 밖 미술관 밖에는 계절이 쌓이고, 시간이 흘러

미술관은 자꾸 홀로 늙어갑니다

# 아프리카, 편의점으로 가자

아프리카 한 캔을 구입했다
밤을 지키려 태양에 아프리카를 구웠다
저 먼 시커먼 대륙을 동네 어귀에서
만날 수가 있다니, 손가락에 힘을 주면
손쉽게 만나는 곳
이곳엔 소년의 까만 눈동자와 열대 우림의 울음,
이글거리는 태양의 눈이
한꺼번에 밀봉된다
참으로 편리한 곳이다
손가락으로 안전핀을 빼듯 터뜨리면
우린 곧 지구의 대척점으로 간다
아프리카를 열면
콸콸 쏟아져 나오는 저임금의 소음이
25시간 흐르는 곳
밤을 지키려 아프리카에서 밀봉한
태양을 개봉한다 어둠이 사라진다
펄펄 끓는 아프리카니
태평양 심층수니 사막의 모래바람이
밀봉되어 견디는 곳

꾸벅꾸벅 졸고 있는 가로등의 불빛이
일순간 사라지듯 딸깍 캔이 열리면
아프리카가 튀어나온다

# WINDOWS 10

창을 연다는 것은 창으로 뛰어내리는 일입니다
문을 열면 안으로 문을 닫으면 밖으로 향하는 일입니다
안과 밖의 구분이 없어 죽음과 삶이 없는 곳입니다
당신은 오늘부터 출근 도장을 찍는 겁니다

오늘이란 창을 반으로 쪼개는 일입니다
일요일 출근하고 월요일 퇴근합니다
아니요, 오른편으로 출근하고 왼편으로 실직합니다
창은 더 많이 쪼개지고 출근은 더 많아집니다

창을 잃어버렸다는 사람이 뉴스에 나옵니다
사실, 창은 지워지는 길이었다가 구멍을 만드는 일입니다
구멍에서 실종된 사람을 만나 점심을 먹습니다
창에 커튼을 내리고 초인종을 누르면 우주보다 어둡습
니다

창에 꽂혀 있는 우편물의 주소를 읽습니다
누군가 없는 죽음을 불러 이별을 통보하는 것입니다
열리지 않는 창에 익숙한 이름을 넣어 봅니다

대답은 간결하고 사라졌던 이름이 떠오릅니다

창을 열고 창을 닫는 일은 출근하는 일입니다
내가 왼편에서 출근하면 오른편에서 신문을 읽습니다
발자국 찍힌 엑스디움 창은 언제나 열리고 닫힙니다
난 한 번도 방문한 적 없는 나라에 관해 이야기합니다

# 새

　나를 허공으로 던진다 날카로운 모서리가 곡선으로 구
겨지며 날개가 돋아난 것이다 쓸모없다고 생각한 순간 새
가 되기로 한다 얇은 마음을 펼쳐 순백의 하늘을 닮아 날
개의 기억을 더듬는다 멀리 날기 위해 스스로 구겨져야
한다 최후의 모습에 날개를 달기 위해 얼마나 험한 길 돌
아오는지 팔다리는 어둠 속에서 머리는 허공에서 견딘다
한 장의 순한 깃털이 되기 위해 물속에서 부풀려지고 단
단해지고 날카로운 이빨에 물려 날 선 새가 된다
　기회를 엿보다 날개가 되고 싱싱한 울음이 되고 마침내
새가 된다 날 수 없는 날개, 창문 너머 추락하는 새의 힘,
스스로 죽는 것은 소리가 없다 마지막은 늘 아름다운 것
이다 살아온 시간이 층층이 무너진다 몸에 기록된 날개를
구긴다 난, 날아오를 준비를 끝내고 기다린다 반듯하지
않을수록 탄력 있는 날개, 아직 돋지 않는 날개를 생각하
는지 옆구리를 긁으며 허공을 빠져나오는 얼굴이 보인다

문현숙

mungreen911@naver.com

010-4182-0907

***

- 2015년 방송대문학상(시) 대상
- 2016년 경북문화체험 전국수필대전 수상
- 2018년 「월간문학」 등단
- 한국문인협회, 대구문인협회 회원
- 2016년 3월~현재, 대구신문 「달구벌 아침」 집필 중
- 문학동인 Volume 회원

***

그, 냥 그냥
저, 냥 저냥
마, 냥 마냥
서로, 서로의 그림자만 키우며 사는
우리 속 우리
별일 없이 보낸 하루의 끝,
소박한 평온에 만족해 보는 저녁이다.
꽃수를 놓으며 밤하늘 별들이 물어온다.
당신의 단골집은 안녕하신가요, 이만 총총….

# 파리지옥

하양장이 서던 날,
백반 정식 소문난 중남식당은 파리지옥이었지
미식가라 자칭하던 것들이
잔칫날인 듯 차려진 밥상 위로
펄펄 끓는 국 속으로 겁 없이 뛰어들어
입맛 다시는 노마드 청춘들
천장이 내려 준 구름다리 타고 올라가
걸쭉한 훈장처럼 박제된 양 날개
까마득한 허공만 파먹고 살아도
지상에서 영원으로 갈 수 있는지
산해진미 눈앞에 둔 처절한 전쟁터
입맛 찾아 떠돌던 여자
허기진 한때, 모처럼 채우고 있었지
군내 나는 청국장쯤으로 여겨 밀친 사내도
제철 음식 최고라 편식하던 그녀도
우화를 꿈꾸는 집파리처럼,
사흘을 채 못 넘기던 부나비 사랑
기둥서방처럼 껴안다 불어터진 달콤한 지옥

# 개기월식

부뚜막에 고봉밥 한 그릇
흰 고무신 한 짝 비스듬히 세워놓고
밥물 끓어오르는 소릴 듣는
아부지
달이 보이지 않는다

촛농이 신발보다 높게 쌓인 밤
달그락 달그락
어린 남매들이 생쥐처럼 둘러앉아
냄비 밥을 갉아먹다

언제 와?

담뱃재를 털고 있던 아부지가
소주잔을 들이키신다
교회 첨탑의 빨간 십자가보다 더 빨갛게
입술 바르고
외할머니 댁 가신 울 엄마

# 단골집

　노을이 붉은 신호등을 켠다. 한 집 건너 한 집 빼곡하게 들어앉은 가게마다 흔들리는 불빛, 골목과 골목 저 건너 전신주 아래 한자리에서 몇 십 년 성황당처럼 앉아 있는 단골가게, 간판 한 번 바꾼 일 없는 찾는 물건이 없을 때가 더 잦은 좁아터진 점방, 시장 가는 발을 멈추게 한 것은 봄여름 가을 겨울, 철마다 다른 모습의 푸성귀들, 젊은 부부, 그들의 부모님이 손수 심고 다독이며 농사지은 햇양파, 햇감자, 햇고추, 곶감, 한여름 머리 위 땡볕을 고스란히 제 안에 품은 햇것들

얼마 전,
태양초를 달라는 말에 부부는
점방을 닫아야 할 것 같다며

-미안합니다. 어머님이 연로해서 더는 농사를 지을 수가 없네요.

없는 것을 떠올리는 대신 이미 가진 것을 잃는 일
더 좋은 일이 생기는 것이 아니라 더 나쁜 일이 안 생기

는 것

손쉽게 행복을 얻는 공식이다


지금, 당신의 단골집은 안녕하신가요?

# 이미, 과적

달이 백태 낀 눈을 부빈다
비몽이 사몽의 옷가지를 챙겨든다
한 다리 끼우고, 냉장고 문을 열고 남은 한 다리마저
끼우다 말고
오줌을 싸고
미리 챙겨둔 담배가 현관문을 나선다
안전화를 구겨 신고 징검돌 밟고 경중경중 문 다시 열
고
스마트폰! 담뱃불이 소릴 지른다

#전화벨

-우이씨, 늦었뿟네
-눈 떴을 때 일났어야 하는데
-두 번 잠든 바람에
-어딩교?

전화기 너머 천둥이 꽈르릉
〉

-니기미씨팔, 인지 우야능교 기다리라카소, 마


북극성이 밑 빠지게 바쁘다
다연발 총부리를 하늘에 갈긴다
신호등은 황색, 상관없다
무시하다 달리고 달리는 새벽 세 시
하루치 하루를 촘촘하게 신고
어둠으로 둘러 쓴 앞을 향해
적재된 짐짝이 기우뚱


'자빠지든 말든'


뿌연 담배 연기가 팔차선 대로를 앞질러 달린다

# 운전대를 볼펜처럼 잡고

내 시야에서 구불구불 멀어지는 길이 볼펜심에서 흘러나오는 흘림체 같다는 것을 창가에서 길을 나서는 당신 자동차를 배웅하다가 알게 되었네, 세상사 이야기 나부랭이를 시로 읊으려는 나, 이른 새벽, 일렬의 가로등 불빛에서도 허공에서 떨어지는 달빛에서도 만나고 있었네

커피 한 잔이 선잠 깬 쓰린 위벽을 달래고 나면, 가장이라는 견장 어깨에 달고 도로 위를 찬찬히 접어드는 당신, 붉고 푸른 신호등은 내가 쓰는 이야기의 부적합과 적합의 간격이 되고 있었네

잠의 허기가 불러오는 죽음도 쉼표를 잘 찍지 못한 불찰이라는 대목에서 깜빡 졸고만 나, 느닷없이 툭 튀어나온 말 같은, 고라니 한 마리 미처 피하지 못해 찍는 마침표가 되고 말았네

못 갖춘 문장들이 수북이 쌓여갈 때 가장은 아내와 새끼를 위해 그래! 조금만 더 힘내서 쓰는 거야, 사이드 브레이크를 당기듯 갓길에 차를 세워놓고 쪽잠을 청하는 거

라네

　고단한 오늘은 내일로 이어져, 내가 쓰는 그의 도로 이
야기는 언제쯤 탈고를 할까, 볼펜을 잡고 창가에 턱 괴고
있는 내 시야 속으로 그의 귀가는 골목의 흘림체가 되고
있었네

## 박진형

pjh1968@naver.com
010-6290-0309

\*\*\*

- 2016년 『시에』로 등단
- 2019년 국제신문 신춘문예 시조 당선
- 웹진 『시인광장』 편집장
- 시에문학회 부회장
- 용인문학회 회원 겸 『용인문학』 편집위원
- 시란 동인
- 문학동인 Volume 회원(회장)

\*\*\*

문학의 존재 이유는 무엇일까?
사르트르, 들뢰즈, 가타리, 바르트, 레비스트로스, 라캉이나
푸코가 고민했던 바를 쫓아가 본들 문학의 존재 이유를 찾을
수는 없을 것이다. 다만, 인간의 다양한 욕망의 분출로 인해 복
잡해진 현대 사회에서 문학의 존재 이유를 찾는 것은 실존으
로써 작가의 정체성을 찾는 일과 다르지 않을 것이다.
괴테의 말대로 모든 이론은 회색이고, 늘 푸른 것은 생명의
금빛 나무일뿐이니까.

# 누에와 사귀는 법

뽕나무 아래에서 밀려드는 누에나방의 울음소리를 안다면 이미 비단결로 물들기 시작한 것입니다. 누에나방한 쌍이 교미하고 나서 반짝이는 알을 낳습니다. 건너지 못한 다리를 이어주고 나서 나방은 사라집니다. 알이 누에로 부화하기를 기다립니다. 고막을 간질이는 어떤 소리에도 반응하면 안 됩니다. 깨어난 누에는 멀리서 보면 열차 같기도 하고 사막 비단길을 느리게 건너가는 대상 같기도 합니다. 누에로 바뀌는 시간은 명주바람 맞으며 걷는 느낌입니다. 젖빛 몸통으로 꼬리뿔을 흔들며 뽕잎을 먹은 후 둥글어지는 과정을 견디고 나면 누에고치로 변합니다. 영원한 것은 없으니 이 순간을 즐겨야 합니다. 누에 몸속에 실샘이 가득 찹니다. 나는 둥그레진 눈망울로 솥에 물을 붓고 불을 지핍니다. 물이 끓으면 오래 앓은 기침소리를 냅니다. 끝끝내 버티던 슬픔의 실오라기가 뽑혀 나옵니다. 모든 것을 던지고 만든 명주실이 모여 물레에서 비단 뭉치를 펼칩니다. 모든 경계를 허물고 나서 베틀에서 비단을 뽑아냅니다. 바람 아래 누워 나는 누에나방 날갯짓 소리를 냅니다. 누에와 사귀는 법을 아는 나는 누에가 됩니다.

# 소설 읽는 여인*

내가 당신을 먼저 읽은 건가요?

당신을 읽을 때 당신은 먼 나라의 공주로 나타나요. 당신의 목소리에 젖어 들고 싶어요.

당신을 읽어보아요. 왕자와 공주가 서로를 그리워하며 끝나는 동화의 마지막 장을 만들어 주세요.

내가 당신을 읽을 때, 다른 백조는 보이지 않아요.

당신을 읽어보아요. 낮에 뜬 반달이거나 밤에 지는 별이거나 변함없이 내 심장에 뿌리를 박아요. 몸은 야위어지는데 어두운 방은 서서히 밝아와요.

내가 당신을 읽을 때 모래시계는 멈추어버려요. 소금기둥이 되어버린 어둡기만 한 도시에서 서로의 몸에 스며들 때 우리는 함께 탈출을 꿈꾸죠.

내가 당신을 읽고 있을 때, 당신이 나를 먼저 읽은 건가요?

* 반 고흐의 그림.

# 별표 전파사

그의 전파사에는 수선되지 않는 시간이 흐른다
세 개의 별과 금빛 별이 반짝이던 시절부터
별을 수리하던 그는 오늘도 별의 안부를 묻는다

떨어진 별들이 다시 운행하기를 기다릴 때
아들은 한 음계씩 타고 하늘로 오르고 있었다

사내의 회로계를 거치면 비밀은 드러나
전파사는 별들의 무덤에서 별들의 자궁으로 변했다
그의 드라이버만 있으면 별들은
우주 어디든 다시 날아갈 수 있게 되었다

그는 은하수 건너 새로운 별로 이주할 꿈을 꾸었다
별똥별이나 혜성은 그의 전파사를 기웃거렸다
마모된 공구함과 칸칸이 채워진 낡은 부속품들은 오랜
친구
하늘에서 노래하는 별들 속에 그의 체온이 남아있다

점점 사라지는 별들과 새롭게 태어나는 별들 사이에서

그의 전파사는 종종 기우뚱거린다

어떤 별도 들르지 않는 날이 잦아졌다

수리된 별에서 흘러나오는 노래를 들으며
가수의 꿈을 키운 아들은
별을 노래하다 어느 날 별이 되었다

# 풍선과 선풍

두께가 얇아질수록 몸집은 거대해집니다. 회오리바람
이 한차례 불고 지나가더니 온몸이 부풀어 오릅니다. 당
신이 생각하는 중력이 약해질 때 부풀어 오른 살갗은 잠
시 고통이겠지요. 둥근 행성을 발견한 천문학자처럼 허
공에 매달려 있습니다. 뾰족한 침으로 찔러 터뜨리고 싶
은 욕망이 몰려옵니다. 피라미드 아래 숨어 있던 원시 미
라가 벌거벗은 채 발굴된다면 당신은 신기한 경험을 하게
될 것입니다. 내가 당신을 둥글게 그리면서 불어버리면
당신의 실루엣은 둥글어집니다. 동력이 없이도 공중을 날
아다닐 수 있다면 당신의 정체는 무엇입니까? 날개도 없
이 당신은 어디든 날아갈 수 있습니다. 날아가는 로켓입
니다. 공중을 향해 비상하는 것은 멋진 일입니다. 오랫동
안 상자에 숨어 기다린 시간이 햇볕 아래 가득 피어나는
꽃으로 보상받겠죠. 당신을 바라보는 눈동자가 점으로
수렴됩니다. 빛이 산란하듯 당신은 아름다운 빛깔을 자랑
할 테죠. 커질수록 파스텔 색조로 달콤해지는 꿈을 꿉니
다. 오래되어 짙어진 살갗이 새로운 빛으로 변해 갑니다.
삶이 즐겁다고 노래하며 비상하는 순간은 짧습니다. 검
불과 티끌 속에 숨어 있는 날카로운 칼날이나 바늘을 조

심하세요. 이제 셋 둘 하나 거꾸로 세면서 날아올라 봐요.
즐거운 하루가 시작되려 합니다.

# 꽃뱀을 바라보는 방식

숲길을 미끄러지며 알록달록한 춤사위를 보여야겠다
누군가에게는 살갗에 소름 돋게 하는 조우일지 몰라
풀숲을 기어가는 호흡이 아릿하다
외로움이 길어 꼬리가 길어진 것을 하늘은 알까
갈라진 혀와 다리 잃은 몸통은 족속의 내력이다
요리조리 재빠르게 옮겨 다니는 소란은 곡예사의 본능
숨죽이며 낙엽을 타며 미끄러지는 살 소리에 살의는 없다
지상에서 낮게 다닌다는 것은 무겁게 살아간다는 말
가장 낮은 자세로 바닥을 살아간다
생의 무게를 견디기 위해 구불구불 기어가는 팔자는 아
프지만
똬리를 튼 자세 속에 슬픔이란 없다
문신을 온몸에 새기고 비밀을 읽어내려는 눈빛은 투지
여서 황홀하다
머물다 떠나온 곳마다 꽃문양 여백이 선명하다
파란 피와 가쁜 숨에 냉혈의 울음이 배인 투명한 허물
을 벗은 피부는 더 어둡고 더 빛난다
반전을 노리는 두 갈래 혓바닥에서 밀물과 썰물이 교차
한다

끝내 지혜의 샘을 찾지 못한 콧등이 당당하다
독을 품지 않은 대신 독설은 할 수 있게 되어 다행이다

## 배세복

basabobasabo@hanmail.net

010-4274-5710

\*\*\*

- 2014년 광주일보 신춘문예 당선
- 시집 『몬드리안의 담요』 (시산맥, 2019)
- 시집 『목화밭 목화밭』 (달아실, 2021)
- 문학동인 Volume 회원(사무국장)

\*\*\*

기억 속 먼 당신을 데리고 옵니다
나에게 잊혀진 사람이어야 한다며
늘 그랬듯 당신은 울부짖겠지요
얼마나 다행인지 모릅니다
항상 거기 서 있는 당신!

# 는개라는 개

사내가 창밖을 내다보니
개 한 마리 벤치에 엎드려 있었다
젖은 몸이 어딜 쏘다니다 돌아왔는지
가로등 불빛에 쉽게 들통났다
서서히 고개 돌려보니
곳곳에 개들이 눈에 띄었다
야외 체력단련기구 위에도
지친 여러 마리의 개들
차가운 철제 의자에 젖어 있었다

당신이 떠난 후로 습관처럼
밤은 또 개를 낳았다
그것들은 흐리고 가는 울음이다가
가끔은 말도 안 되게 짖기도 한다
어떤 밤은 안개라는 이름으로 부옇게
또 다른 밤은 번개로 울부짖다가
이 밤은 그냥 조용한 는개 된다
너는 개다 너는개다 너 는개다
이 정도면 키울 수 있겠다 싶어
사내가 불을 끈다 천천히 이불 당긴다

# 점묘의 나날

당신처럼 어눌한 화가는 처음이다
밑그림을 한 줄도 그리지 않았기에
채색이 시작될 거라곤 생각 못 했다
한마디 말도 없이 세상을 건너뛴 당신
구멍 난 캔버스가 보이지 않냐고
어찌 내 앞에서 무례하게 붓을 드냐며
수많은 밤 당신의 팔레트를 집어던졌다
펄펄 뛰던 밤들이 감히 지나가버리고
꿈마다 찾아가서 훌쩍거리면
벚나무에 물어보라 당신은 시치미 뗐다
지는 꽃잎은 꽃자루를 뒤돌아보지 않는다는 듯
봄밤은 제멋대로 벚꽃잎을 점점이 휘날리고
따지고 보면 절필을 강요한 건 나였다
누구보다 아둔한 캔버스였다

# 색채원근법

풍경을 어떻게 그리는지
저 목련은 알고 있다
물감을 부지런히 제 몸에 찍어대는 것
당신은 캔버스째 데려가겠다는 듯
무작정 셔터를 눌러댔다 그때마다
주변 꽃들도 덩달아 터지기 시작했다
당신의 거둔 시선이 먼저인지
이어진 꽃들의 개화가 먼저인지 헷갈렸다
목련은 어깨를 떨구었다
떨군 어깨가 흐려져갔다

마음을 꺾는 방법을 우린 알고 있다
멀어지는 풍경을 만드는 것이다

# 우물 마른 자리

옷을 잡아당기자 못까지 빠져버렸다
방 안을 내려다보던 그가
댕그랑, 마른 몸뚱이를
바닥에 내려놓게 된 것이다
옷가지를 그러모으던 손을 멈추고
그가 빠진 자리를 들여다본다
언제 적부턴가 붉은 눈물 맺힌 흔적 깊다
분명 그가 사는 곳은 절벽이었다
물 한 방울 고일 수 없는 직립,
그가 우는 것을 보거나 들은 적 없었다
다만 목격된 것은 몸 위에 걸쳐 있던
무거운 몇 개의 그림자,
안구 건조증이 있으면 치료를 받으셔야죠
제가 여러 차례 말씀드렸잖아요
그러나 아무도 진찰실에 데려간 적 없었다
그가 젖는다면 우리 모두
그림자를 걸쳐둘 수 없었으므로,
병을 키운 건 그가 아니었다
걸치고 있던 옷을 태우고 나서야
장막 뒤에 숨어 운 그가 발각되고 만 것이다

# 묵음默音

비바람 세찬 날, 그대의 모교에 다녀오네
언젠가 그대가 내민 앨범 속 중학교
교문은 자물쇠 굳게 채워져 있고
빗줄기들이 닫힌 철문을 다시 빗장 걸고 있네
멀리서 바라봐도 주인 잃은 교사校舍
푸른 페인트가 이끼인 양 달라붙어 있네

이제 그대 모교도 그대처럼 폐교되었네
마지막 종소리 그쳤고 시작종 치지 않겠네
허나 학교 뒤편으로 솟은 천방산의 정기는
교가 속 가사처럼 언제까지 저리 푸를 것이고
교화인지 교목인지 운동장의 몇 그루 무궁화
비바람 속에서도 꽃잎을 무수히 피워대겠네

그러니 왜 그대는 스스로 폐교되었는가
누구도 들락거릴 수 없게 문 닫았는가
나는 그대의 폐교사閉校辭 한 마디도 듣지 못해
철문 넘어 조회대를 이제라도 기웃거리네
왜 그대는 그대 교정에 개망초 꽃대만 키웠는지
해묵은 플라타너스 낙엽들을 잠재우지 못했는지

손석호

appleonebox@hanmail.net
M.010-3260-4656

\*\*\*

-1994년 공단문학상 당선
- 2016년 주변인과문학 신인문학상 당선
- 2018년 등대문학상 수상
- 시집 『나는 불타고 있다』 (파란, 2020)
- 문학동인 Volume 회원(부회장)

\*\*\*

모르는 곳에 오솔길을 내며 걷는다
순간순간 길은 사라지곤 한다
돌아갈 수도 없다

# 마포대교

추락하는 게
질문 많은 내게 대답하는 것 같아

망설이는 오후가 수면에 발자국을 내는 동안
호주머니 속 출렁이는 우울

흐릿해지고 싶어 눈물 커튼을 펼쳐도
고드름처럼 자라나 찌르는 햇살

건너도 또 다른 건너편이 지켜보고 있고
지금이 어제 읽은 일기 같아

돌아보면
내게 둘러져 있던 내가
잃어버린 목도리처럼
말없이 내 몸을 벗어나 있어

내려다보는 즐거운 통증
내게는 난간이 없다

# 우화 羽化

　한 번도 날아 보지 못했던 당신, 앰뷸런스가 모시나비
처럼 오르락내리락 고개를 돌아 나가고 유서를 대신하는
냄새가 문밖으로 빠져나온다 명치끝을 꾹꾹 눌렀던 천정
의 형광등이 오랜 용화 蛹化의 얼룩을 내려다본다 기다림
의 등이 휜 것처럼 출입문 쪽을 응시한 머리 흔적 누구를
기다린 걸까

　　삶을 벗어 놓고
　　빠져나가는 일이
　　꽃 피고 꽃 지는 일보다
　　아팠다는 것을
　　몇 령의 고독을 바꿔 입어야
　　덤덤해질 수 있었는지

　　아무도 비행을 보지 못했다

# 절개지

나무가 베어지고
절토가 시작되면서
유선처럼 드러나는 지층의 켜
비탈에서 한나절을 견딘 그녀
굴삭기에서 뻗은 발이 절개지에 닿자
새가 비틀거리며 날아오르고
가슴을 도려낸
산그늘 실루엣,
구름이 물끄러미 내려다본다

옹벽을 쌓듯
그녀가 팔짱을 가슴 위까지 끌어올리고
젖이 돌기를 재촉하는 아이의 울음
종양의 뿌리 쪽 연약 지반을 굴착한다
꺼진 기초 블록처럼 그녀가 주저앉고
쇄골이 절개지의 잘린 뿌리처럼 삐져나온다
두 손으로 한 움큼의 침묵을 퍼 올려
퍽퍽 다지는 동안
토사처럼 가늘게 쏠리는 잔기침

비워 낸 자리로 당신이 기어들어
흔들리는 저녁의 사면
쑥부쟁이 균열을 꽉 붙들고 있다
베어진 것들의 얼굴이
입술을 깨물며
아물기를 기다리는 동안
이미 침하한 안쪽이 새어 나와
흥건하다

# 울음을 미장하다

자기 얼굴에 책임을 질 수 있어야 한다는 말이 슬퍼서
웃었다
울음도 자주 울면 얇아져
미장 층처럼 거친 세상에서 쉽게 찢어지고
때론 낯선 지하도 바닥에 떨어져 덩어리째 아무렇게 굳
었다
울퉁불퉁한 초벌 바름 표면에 밀어 넣던
통증 부스러기 흩날리고
햇볕에 그을린 당신이 재벌 바름 되기 시작하자
무엇이든 세 번은 발라야 얼굴을 갖게 된다며 바빠지는
흙손
흙손 뒷면에 노을이 들이치고
붉어져 선명하게 드러나는 화상흔
예상치 못한 화재였다고 묻지도 않은 대답을 한다
아물 때마다 뜯어내던 눅눅한 당신과
욱여넣어야 할 요철 많던 삶의 벽면
정처 없이 떠돌며 표정을 미장했으나
얼굴에서 꺼지지 않는 화염
노을에 불을 붙인다

이마에 기댄 팔뚝을 타고 타오르는 붉은 손목의 감정들
어디든 지나가면 평평해지던 흙손을 놓친다

가까워지는 소방차 사이렌 소리
황급히 골목을 돌아나가고 있다

# 내성천

오래전 아버지는 요소비료를 지고 건너다
내성천에 지게째 넘어지곤 하셨다
그때마다 무슨 말을 해야 할지 몰라서
억새처럼 중얼거리다 말았다
언젠가 강물은 한 번도 마른 적 없었다는 생각에
부산까지 무작정 따라 흘렀는데
며칠 만에 돌아온 첫 번째 가출이었다

몇 년 전
야근 마치고 공장 문 나설 때
별똥별이 어릴 적 갱빈* 쪽으로 붉은 줄을 그으며 불렀다
내성천으로 돌아와 눈물을 흘려보내던 강물에
늘어지던 구비가 많아
자주 강물의 뒤척임을 새벽녘까지 흉내 냈다
내성천은 매일 바뀌지만
눈치챌 수 없었다
늘 바라보고 있었기 때문에

오늘도 안개를 열고 나오는 아침을

무심히 마주 보다가
갱빈을 걸었는데
모래알은 가난처럼 쉽게 신발 안으로 새어 들고
농자금 만기일은 며칠 앞으로 다가와 있다

동사리가 발목을 툭 치고 지나고
강물이 대답 대신 무수한 모래알을 발등으로 흩뿌리고
침묵은 건널 때마다 정수리까지 차가웠다
내성천과 나란히 갱빈에 누워
미루나무 꼭대기를 올려 본다
예전처럼 꼭대기를 지나는 구름을 세고 있었는데

모래 한 줌이 젖었다

* '강변'의 경상도 사투리.

송용탁

kyenwoo@hanmail.net

010-4368-5545

\*\*\*

- 2020년 제3회 남구만신인문학상
- 2021년 5 · 18문학상 신인상
- 문학동인 Volume 회원

\*\*\*

"사람은 한밤중에 펼쳐진 책"- 마르그리트 뒤라스

기성의 언어들로 문학상을 받았다
이제 새로운 세계를 만나러 가야겠다
사람이라는 책을 정독하려 한다

# 결

　빈 도시락 통이 다리를 퉁퉁 칠 때면 무릎 근처에서 달그락 물결이 일었다. 마른 운동장을 가로질러 집으로 돌아가는 길. 길은 흐르고 나는 고인다. 이름 모를 꽃들만 내 이야기를 엿듣곤 했다.

　결이란 말은 혼자서도 혼자가 아닌 마음
　길의 결을 따라 걸으면 피고 지는 꽃의 이름들

　늘 골목 끝에 서 있던 엄마가 없다. 세상의 숨결이 겉잎을 버리는 시간. 혼자라는 속잎만 있다. 한 걸음마다 잎이 떨어졌다. 시시한 놀이들로 거친 숨을 달랜다. 견뎌야 하는 것들의 목록이 늘어날수록 숨은 여러 겹으로 부대꼈다. 부르고 싶은 이름 앞에 아랫입술은 저녁의 무게를 견디지 못한다.

　저녁만 텃새처럼 마중을 나왔다
　소실된 곳에 가면 세상은
　나를 설득하고 싶은 모양이다
　떠난 자들이 사는 도래지가 있다고,
　〉

노을의 손을 잡고 뛰었다. 엄마의 살에서도 물결이 인다. 살의 결이 말을 걸어 올 때 길은 생이 아닌 다른 힘으로 걷게 된다. 엄마와 살이 닿으면 다 말하지 않아도 엄마는 알았다. 혼자가 아닌 것 같아 응결된 꽃잎들이 하류로 떠내려간다. 세상의 길이 붉게 흐른다.

빈 도시락 통이 달그락 달그락 계속 흘러갔다

## 양장의 자세

과묵한 표지로 걷고 있었다
계절은 돌보지 않았다
누구도 돌아보지 않았다
지구 한구석 풍화가 일어났다
바람만 이를 가는 습관을 버리지 못했다
가을의 슬픈 버릇이었다

자전은 지구가 나를 읽는 방식
한동안 정독이었던 적도 있었다
견고한 발음으로 낮과 밤이 지나갔다
나를 닮은 표정들이 모였다
마른 책상 위에 쌓여가고 있었다
외롭지 않다고 묵독을 해야 했다

- 초토의 흙은 검거나 붉거나
  난독의 영역일 거라
  남의 꼬리털을 비명처럼 세우고
  나의 이름을 적는다
  경건한 필체가 나를 치장해 주기도 할 거라

*잠시 우주도 심심해지는 순간*
*해는 점점 짧아져서*
*내 키도 줄어드는 가을이라고*
*끄덕끄덕 낯선 글자들이 방문을 했다*

발췌의 기술로 상심한 속지를 더듬어 본다
아름다운 문장들은 허기진 페이지로 흘러갔다
나는 오늘도 부호로 끝난 몸짓이었다

흔들리는 자전의 공식들
산책을 떠난 나의 낱장들

결국 가을이었다

# 완벽한 생산자

수척해진 피복은 눈의 자락을 허용하지 않았다. 도착할 곳이 있는 사람의 어깨엔 눈이 쌓이지 않는다고 동행하던 활엽이 속삭인다. 이름이 적힌 화분은 전신주의 긴한 높이를 부러워하지 않았다. 전선의 끝에 비행의 굉음이 뒤따른다. 활엽 또한 도착할 곳이 있었다. 현대는 제 이름 하나로 추위를 견디기 쉽지 않다. 소비된 모두가 알고 있었다. 겨울이 끝난 사람에게 활엽은 사치일 뿐이다.

화분이 놓일 영안실은 따뜻했으면 좋겠다. 투명한 플라스틱 용기 속 바쁜 어깨 대신 흰 배가 둥실 떠오르면 둥근 생을 요약하는 목도가 있다. 한 자세로 마지막을 지킨 피곤한 의자들도 다리를 펴는 시간. 검은 동자를 먹어치우기 전에 흰 얼룩을 붙잡는다. 먹다 남은 싱싱한 생각은 도마 위에서 토막 나고, 아무렇게나 검은 봉지에 담겨 또 도착할 곳을 찾을 것이다. 활엽이 고개를 돌리면 나는 홍적기의 고사리처럼 외롭다 속삭인다. 애인의 예쁜 배꼽에 정액이 뽀얗게 고인다. 시야가 몇 번 접힌다. 팽륭은 무너진 행인의 자세에서 온다.

노을도 가쁜 숨을 톺았다.

# 흘레

혼자 먹지 마세요
각자 입구를 열고 식사합시다

매끈한 접시 위 쏟아지는 흰색
식기는 바깥에서 안쪽 순으로 사용합니다
악수부터 속살까지, 과정은 비슷하죠
접시 테두리를 모두 닫아도 될까요

손에 쥔 금속성이 반짝 부끄럽습니다
그림을 그리듯 얼굴을 붉힙니다

속옷 안의 일은 아무도 몰라요
나는 우아하게 숨 쉬는 방법을 압니다
금속의 가랑이를 벌립니다
식사할 준비가 됐다는 뜻이죠

혀는 입보다 먼저 마중 나갈 거예요
후패한 숲의 입구에 줄을 서는데
겨울 내내 키운 자작도 다 세우지 못했는데

식사는 시작됐다는 뜻이죠

요리의 맨몸을 만질 때마다
장면이 바뀌고 화폭이 줄어듭니다

천장 위 거울의 맨몸도 먹는 일의 하나라서
입안 가득,
입구의 최댓값을 감상합니다

나이프와 포크를 교차해야죠
다음 음식을 주세요
모든 몸이 달콤합니다

다리를 꼬고 있는 건 접시를 치우지 말란 뜻입니다

다행히 양말은 신은 채로
예의 같은 게 있으니까요
날개를 터는 붓이 있습니다
〉

붓의 깊은 뿌리가 먼 곳의 혀가 될지도 모릅니다
여섯 개의 입을 가진 주사위를 꿈꾸죠

때론 접시의 입구를 열고
접시가 돌아가는 상상을 해요

무례하다 말할까요
모던하다 부를까요

맛있게 먹는 데도 순서가 필요하대요

　흩어진 흰색을 치우다 식탁을 지웠다
　자리를 떠나지 못하는 건 개라고 부를까
　허기를 채워도 네 발은 어렵다
　목을 감싼 수건이 무릎으로 떨어질 때
　그리다 만 그림을 생각했다
　접시와 난 비밀이 생겼다

쥔 손을 펴면

나는
이미 젖은 그림이죠

다리를 일자로 만듭니다
식사가 끝났다는 뜻입니다

# 당신을 며칠 빌리기로 했다

빈 잔을 손으로 녹여 먹고 있었다

아무도 채우지 않았고 아무도 노래하지 않았다 애틋하게 껴안고 있는 우리라는 침묵 사이로 죽은 입술들의 텃밭이 펼쳐졌다 죽음을 열어 본 적 있는 사람처럼 귀신의 언어를 오역하듯 한동안 빗돌을 껴안고 살았다

탁본은 낯을 맞댄 흔적이다
당신의 비문이 분절되었다

그리고 당신의 술잔에서 당신의 일부를 넘겨받는다
– 나눠 마시자

우리는 한참을 같은 술잔에 담겨 있었다
넘치지 않게 사랑하기로 했다

변명은 소매가 길다 한 번 다녀올 때마다 많은 감정이 묻었다 때를 탄 소매 깊숙이 너의 이름을 숨긴다 모든 게 변명 같았고 멸종하는 연대기를 바라만 봐야 했다
〉

소매를 다시 걷고 빌려온 당신과 짠 –
적요를 벤 자리에 실소가 흘러내렸다
창자가 쏟아질 듯 웃어야 했다


폭소가 식기 전에 호주머니에 주워 담고 한동안 서로를
만지작거렸다 각자의 옆구리가 따뜻해졌다


옛말을 듣는다 등받이도 없는 낡은 의자는 우리를 닮
았고 서로의 등을 기대게 해 주었다 위태롭게 골몰하다가
먼저 흔들리는 사람에게 어깨를 밀어 넣었다


탱주撑柱는 고목이다


그리움도 계속 만지면 도벽이 된다 쨍 –
누구의 몸이 투명했는지 헷갈렸다
너의 조각이 온몸에 박힌 채 돌아왔다


나는 아직도 당신을 빌려온 죄로 가료 중이다


당신을 돌려주지 않을 최후의 궁리가 시작되었다

이 령

hewon12515@hanmail.net

010-5602-0425

\*\*\*

- 2013년 계간 『시를사랑하는사람들』 신인문학상
-시집 『시인하다』 (시산맥, 2018, 한국문화예술위원회 우수나눔도서 선정)
- 시집 『삼국유사대서사시-사랑편』 (한국문화관광콘텐츠협의회,
2020, 경상북도 경주시 후원도서)
- <웹진 시인광장> 부주간, 계간 『동리목월』 편집위원, 『시와사람』 편집위원
- 문학동인 Volume 회원(고문)

\*\*\*

시를 위한 시

사랑을 감내한 자만이 추억을 만들고 그리움으로 아물기도 해서
지상의 모든 기억은 오로지 살아남은 자에게 주어지는 시간의 재편성이라
는 생각, 타오르다 사르는 별처럼 사랑하는 이여! 변함없이 거기 머물러 있으라!
피고 지는 꽃 시절, 개맹이 선연할지언정 기다림도 묵히면 불씨가 되는 것
그대 이 적막의 가슴을 무엇으로 불 지필 수 있는가?

# 시인하다

난 말의 회랑에서 뼈아프게 사기 치는 책사다
바람벽에 기댄 무전취식 속수무책 말의 어성꾼이다
집요할수록 깊어지는 복화술의 늪에 빠진 허무맹랑한
방랑자다

자 지금부터 난 시인是認하자

내가 아는 거짓의 팔 할은 진지모드
그러므로 내가 아는 시의 팔 할은 거짓말
그러나 내가 아는 시인의 일 할쯤은
거짓말로 참 말하는* 언어의 술사들

그러니 난 시인詩人한다

관중을 의식하지 않기에 원천무죄지만
간혹 뜰에 핀 장미에겐 미안하고
해와 달 따위가 따라붙어 민망하다
날마다 실패하는 자가 시인이라는 것이 원죄이며
사기를 시기하고 사랑하고 책망하다 결국 동경하는 것

이 여쬐다

　사기꾼의 표정은 말의 바깥에 있지 않다
　그러니 詩人의 是認은 속속들이 참에 가깝다

* 장 콕토

# I admit
by LEE, RYOUNG

I'm a fraudulent machinator acutely in the corridor of the word

I'm a free writer of the word who is eating without money, resourceless leaning to the wind wall

As I persisted, I'm a vague wanderer who fell into a swamp by deepening ventilation

Well, from now on let me do admit myself

Eight percent of falsehoods I know are in serious mode

Therefore eight percent of potries I know are lies

But about one percent of poets I know

The magicians of a language who tell the true word with a lie

But I do be the poet

>

Though it's an original innocence, because I'm not conscious of the crowd

Sometimes I'm sorry for the roses blooming in the yard

Due to gain on the likes of the sun and the moon I'm embarrassed

It's the original sin that he who fails every day is a poet and

They're other crimes that I envy, love, reprove, and finally admire

The impostor's expression is not outside the word

So the poet's acknowledgment is intimately close to true.

번역: 우원호

# 낙타가시나무풀*

고비를 건너며 생각했죠.

난
잘 번식하는 種

이 시간, 이 방향엔
평균적일 경우 착하다는 엄마,
왜 하필 소소초죠?
젊다는 건 이미 봄이니까! 뿌리를 내리렴!
어떤 방식으로도
너희는 작고 작아
엄마가 파리하게 웁니다

난
매우 적합한 種

축축한 엄마와 갈라진 언니는
한 번의 우연으로 모래톱을 쌓나요?
이곳에선 오해가 행복의 근원입니다

예측불능은 아름다운 거잖아!
만삭의 언니가 뾰족합니다


난
잘 적응할 種


무엇을 위한 출발점인가
방을 춥게 하려면 벽난로를 두시죠
차라리 크라이머스와 오스카 클라인을 심지 그래?
언니의 엄마, 나의 엄마
제 피로 목을 축이며 연명하는 낙타여!
다르다는 건 틀린 것과 달라!
이곳에선 불협화음이 지천입니다


사막의 결이 자주 바뀌는 동안에도 언니는 돌아오지 않고
가시와 뿌리와 별과 사랑과 침묵과 빛과 다시 어둠
고비를 건너며 생각했죠!
넓이와 깊이는 비례하지 않아
〉

모래집의 다른 이름, 가족

결국 우린

필연적으로 자주자주 뭉치고 흩어지는 種

* 소소초蘇蘇草라 불리는 낙타가 먹는 풀

# ラクダ草*

ゴビ（戈壁）を超えながら思いました.

私は
良く繁殖する種

この時間, この方向には
平均的な場合優しいという母,
どうして蘇蘇草なのですか?
若いというのは春なのから!根を張りなさい!
どんなやり方でも
あなたたちは小さすぎる
母が青ざめて泣きます

私は
とても適した種
湿っぽい母と別れた姉は
一回の偶然で砂浜を築いたのですか?
ここでは誤解が幸せの根源です
予測不能は美しいものでしょう!

子が生まれそうな姉は尖っています

私は
良く適応する種

何のための出発点なのか
部屋を寒くするなら壁掛け暖炉を設置しなさい
いっそ、クライマーズとオスカル・クライン*を植えたら?
姉の母, 私の母
私の血でのどを潤おし, 延命するラクダよ!
異なるということは間違いとは違う!

ここでは不協和音はありふれている

砂漠の波柄がしきりに変わる間も姉は帰ってこず
棘と根と星と愛と沈黙と光と, また暗闇
ゴビを超えながら思いました!
広さと深さは比例しない
＞

砂の家の別の名, 家族
結局私たちは
必然的にしばしば集まり, 散らばる種!

# 모자 찾아 떠나는 호모루덴스

신이 하늘의 모자를 훔쳐 인간에게 준 반역
순수의 퇴락은 거기서부터다

모자 홀릭,
자꾸만 바뀌는 시간의 파장을 난 모자의 부피라 읽고
후흑厚黑의 비밀이 그 모자의 무게여서
보이는 것에만 눈이 어두워지는 시간을 내일이라 쓴다

비밀이 늘어날수록 난 어지럽다
시간의 안녕을 훔치기 위해 나의 생은 쥐뿔도 없는 블
러핑

머리는 있는데 모자가 없고
모자는 있는데 머리가 없다
부피와 무게는 대체로 비례하지 않기에
갇힌 것은 언제나 자신일 뿐

마피아도 곧은 남자
창녀도 정숙한 여자

알고 보니 카사노바는 불멸의 고자

수평선 너머를 보게 된 직립의 저주로부터 우리는 모자
를 얻었다

머리에 묘혈을 파니 모자는
어디든 있고 어디든 없다
먼지를 불리는 책상 아래 숨어 있고
화분 물받이 구석 곰팡이로 안착되고
일간지 사회면에서 착하게 부활한다

신이 자신의 형상으로 만들지 못한 유일한 피조물, 머리
엔 모자가 없어 우린
사람으로 태어나는 것이 아니라 사람이 된다

# 出去尋找帽子的 Homo ludens
― 遊戲的人

神給人類從天上盜來了帽子的叛逆
純粹的頹落從那裡開始

帽子holic!
總是易變時間的波長, 把它稱為帽子的體積
因為厚黑的秘密是那帽子的重量
被只有可見的蒙住了眼睛的時間, 把它記錄為明天

隨著秘密增加, 頭好暈
我的生活是狗屁也沒有的bluffing, 以便偷時間的安寧

有頭, 卻沒有帽子
有帽子, 卻沒有頭
大致上體積和重量不成比例
被困的一直是只有自己

黑手黨的人也是直腸子人
娼妓也是賢淑的女人

原來卡薩諾瓦是不滅的二尾子

從看到水平線那邊的直立的詛咒, 我們得到了帽子

打壞在頭上再看來, 帽子
在在皆有, 哪裡也沒有
躲在增加塵埃的書桌下面
安全著陸在花盆托兒背角作為黴菌
善良地複活在日報社會版面上

上帝依照自己的形象未能創造的惟一創造物, 頭
因為沒有帽子, 所以我們
不是生為人, 成為人

文/李嶺, 飜譯/黃河, 圖/網上

# 여행

네가 나를 품는 시간, 내가 네 속으로 침윤浸潤하는 순간, 정상위를 고집하는 네가 후배위를 즐기는 나를 다독일 때, 난 나야 외치지 말라……

삭朔의 시간
게류憩流의 시간
박명薄明의 시간

우리 앞에 놓인 그 사이와 사이들,

그림 너머 그림자를 마셔라 그곳이 우리의 다른 이름 G스팟.
내가 네가 되는 곳, 네가 나일 수도 있는,

반구저기反求諸己의 시간을 잇는 이 찰나의 멀티오르가슴.

# Travel

Time when you hold me in arms, the moment that I
permeate into you, and when you soothe me and insist
of the normal top, meantime I prefer the back position,
Do not shout that I am I

Time of tide
Time of tideless
Time of twilight

Between and in between that is laid in front of us

Drink the shadow over the picture, this is what we
call the other name called G spot
Where I become you, and you may become me,

Multi-orgasm, at that very moments while
introspections carry on

번역: 이원석

## 전하라

jeon7778@hanmail.net

010-9128-7778

\*\*\*

- 계간 『스토리문학』 시 부문 등단
- 계간 『수필춘추』 수필 등단
- 시집 『발가락 옹이』, 『구름모자 가게』
- 문학동인 Volume 회원

\*\*\*

시 쓰기 행복론

시란 내게 삶의 체질과 영적 시스템을 조금씩 바꿔나가고
미래 지향적이며 창조적, 시적 인간으로 만들어주는 것에 대해
참다운 행복을 느끼게 하는 것이다.

# 살바도르 달리를 뒤로한 채

현수막을 찾으러 거래처로 가는 길목
을지로3가역 9번 출구 노숙 중인 달리를 만난다
깊이 팬 주름은 이미 세상을 점령한 채
계단을 걸쳐 늘어진 배꼽시계는 멈추었는지 미동이 없다
어쩌다 저리 되었을까 의문을 털며 걸음을 재촉한다
한참을 가다 돌아봐도 그는 희미한 기억의 영 속에 갇
혀 있다
배고픔으로 질식 중인 그에게
빵을 사주고 싶다는 생각은 오래가지 않았다
살바도르 달리는 시계를 나뭇가지에 걸거나
계단에 늘어뜨려 세상을 연장시켜보려 하지만
노숙자는 시계를 빨리 돌려 삶을 정지시켜보고 싶었을 터
노숙자에게도 바다로 향한 꿈이 있었을까
망망대해에서 돌아온 그가 언덕에 누워 있다
개인주의 타성에 젖은 내 발걸음은
이미 지하 계단을 내려가고 있었다
9번 출구에 우리의 자화상을 걸쳐놓고 전철을 탄다
내 안에서는 속물근성에 테러를 가한다

# 달팽이 슬픔

회색 구름을 내건 오후 시간들이 석양으로 흐르고 있다
그 시간은 눈 뜰 여유 없이 미끄러지는 이유가 있다
앙칼진 목소리로 빡빡 우기던 그녀가 슬픔을 안고
조용하게 울음 속으로 숨어든다

정처 없이 떠도는 공기의 틈 사이로 삶의 노린재가
애꿎은 지탄으로 내리꽂힌다
알기 어려운 촉각들이 하나둘씩 일어난다
푸푸 내쉬는 숨구멍마저 닫힌다

척박함 땅을 가르는 비명소리가 들린다
슬그머니 내뺀 발을 멈춘다
돌아보면 안 돼 라는 말이 맴도는 순간
지척의 거리로 슬라이딩하는 어둠의 저녁

달팽이같이 회오리치는 슬픔이 더듬이를 내밀고

# 컨테이너

1. 비틀거리는 네모

　슬픔을 안고 미닫이로 나갔다가 여닫이로 들어온다 슬픔이 드리운 민낯으로 관짝 같은 문을 연다 이명에 귀를 후빈다 울렁거리는 속은 깨금발로 걸어다닌다 온몸이 끈적거린다 네모로 들어가 샤워를 한다 흐느적거리는 정신을 옷걸이에 걸고 또 다른 네모 위에 눕는다

　사각의 방은 달궈진 더위로 된 푸딩이다

　간혹 열어놓은 네모 창으로 한 줄기 바람이 포크처럼 찔려 들어온다


2. 그래도 담담한 네모

　비틀어져 있어도 넘어지지 않아서 다행이다 비바람에도 견고해서 마음이 놓인다 다보탑처럼 쌓인 빈 구름이 각지에 떠돈다 이름도 간판도 없이 번호만 남은 수인번호가 내게로 걸어올 수 있는 확률은 얼마일까 365일을 매번 돌고 도는 네모 속에 네모가 닮아간다


3. 침묵이 사는 집

　목젖에 걸려 나오지 않는 울음소리

멎으려는 심장을 쥐어뜯어도
목소리는 나오지 않는다
이 오래된 슬픔과 고통을 무엇으로 대신 이식해야 할까
잠시 창에 드리운 밤하늘을 본다
미세먼지로 채워진 하늘엔 아무 것도 보이지 않는다
매일 빙의된 수면이 잘 건조된 채 부스럭거린다

# 낙타를 찾아 떠나는 날
— 반월호수


오후 두세 시경에 바람이 부는 곳으로 얼굴을 내민다
차창에 아카시아 향이 무료한 오후를 지그시 민다
바람이 내키는 대로 K7이 차 키 방향을 잡는다
그곳에 가면 낙타가 있다는 말이 있어서 간다
낙타를 찾아 한 시간 여를 가니 하늘이 맞닿은 낙타봉
이 나온다
그리움을 연주하는 모래바람이 봉으로 올려진다
낚시하는 낚싯밥 지렁이들이 꿈틀거린다
아줌마들의 수다는 물결을 흩뜨려 놓으며 맥주고기들
을 놀라게 한다
저수지와 물의 경계를 이루는 밧줄은 7080노래를 끌고
들어간다
땡볕에서 노래하는 무명 가수의 비음이 질질 딸려간다
낙타봉으로 오르는 햇살이 고도로 기운다
45도 비각에 닭목이 비틀리듯 무호흡이 인다
6시를 알리기엔 이른 햇살이 아직도 자라고 있다
청계산을 머리에 이고 내려간 물살이 머리끝으로 오른다
태양을 밀치며 오른 낙타가 두 개에 젖을 물린다


104

아직도 잔물결에 가슴살이 술렁대며 흔들린다

입만 있는 낙타봉이 아침저녁으로 어미 낙타를 찾는다
개망초 숨이 잦아들면 올지
개구리 울음을 그치면 찾아올지
무꽃이 지면 무맛처럼 시원함을 안고 올지
여전히 낙타봉은 45도 각을 뜨며 수면으로 기울고 있다

?, ¿

잘 잡아지지 않는 질문이 계속된다

?
?
?

뭔가 선뜻 찾아지지 않아서 고민할 때
충무로 대한극장 옆 벽에 붙은 물음표가
나의 귀를 뜯어먹기 시작했다
얄궂다 흡사 진드기처럼 귀에 붙어서
엉켜든 생각이 고리에 고리를 걸고 떨어질 줄 모른다
비유란 보조 관념을 써서 원관념을 돋보이게 하는 것
공감각이동이라는 강조가 낯설다

시의 모태가 엄마의 배보다 크다
나도 남산이었던 적 두 번 있었는데
아! 배고프다
시의 배가 불러오지 않음은 내 속에
관념이 기생하고 있어서일까

잘 관찰되지 않는 세상과 사물
사랑이 부족한 이브족이
영성이 메말라가는 시인의 언저리에 살고 있다

사진을 찍어 뒤집자 물음표는 갈고리로
시어의 코를 꿰어 중심을 구슬리고 있다

최규리

smart-104@daum.net

010-9246-8561

\*\*\*

-2016년 『시와세계』 시부문 신인상 수상

-2021년 『시와세계』 평론부문 신인상 수상

- 시집 『질문은 나를 위반한다』 (시와세계, 2017)

- 문학동인 Volume 회원

\*\*\*

비는 물체가 되지 않으려고 흐른다.

사물은 비물체적인 것으로 완성되고

고정된 것은 반드시 흔들어 움직이게 해야 한다.

# 피어싱

밤바다는 시작점 없이 긴 나선형을 그리며
누군지 알 수 없는 얼굴이 다가가면 멀어지는
허공에서 진다 바다는 진다 잎이 무성한 나무가 물에
잠겨
소녀의 어깨를 감싸 안는다 바다에 반지가 빠지던 날
오르골의 멜로디가 울려 퍼졌다

*너는 얼굴이 없어 귀는 지워졌지*

물속에서 울고 있는 이유를 누군가 물어보았다

*반지를 찾고 있어요*
*엄마의 마지막 선물입니다*

태엽을 감으면 엄마는 소녀를 안고 빙그르 돌고 있다

그날 밤, 엄마의 목소리는 너무도 나지막하여
귀를 갖다 대자 함께 춤을 추고 싶다고 했다
그녀는 떨지 않았으며 따뜻했다

항생제 냄새가 무서워 창문을 열고
눈썹은 엄마를 데리고 깊은 잠에 빠지고

거품이 소용돌이치는데
스윙! 스윙!
검은 물결이 허공에 차오르는데
유리 안에 이름을 가두고 물방울을 가두고

욕조 안에서 몸을 동그랗게 말고 분실한 멜로디를 찾는다
바다는 흐느낀다 나무는 멀어지고 태엽은 부러지고
음악이 멈춘 뒤 다시는 춤을 추지 않았다
거울을 본다 안개는 조각난다 반짝였다

입술이 반짝인다 귓가에서도 배꼽에서도
하얀 타올과 장미, 하프를 켜는 손톱에서도

소란한 것들이었고
겹치는 순간에 출몰하는 홀로그램이었고
빗물이 빛처럼 쏟아지는 기억에서

# 방탈출 게임

여러분은 난파선에 도착했다. 고요는 흔하지 않다. 고요는 무섭다. 부서지고 깨진 흔적들이 보였다가 사라진다. 흘러 다니는 동안 문제가 발생한다. 반 토막의 나라가. 식탁을 후려친다. 껍질이 쌓인다. 라면이. 캔이. 찌그러진다. 문은 열리지 않는다. 진공 포장된 방, 등 푸른 편의점이 덮친다. 즉석 밥에. 즉석 고등어구이가 차려졌다. 훌륭하다. 어쩌다 그랬다. 방이 시작되었을 때. 여러분은 물 위를 호기롭게 미끄러져 갔다. 지느러미를 찰랑거리며. 찬란한 자소서가 깃발을 올렸다. 내부 옵션이 갖춰진, 손 하나 댈 곳 없다는 방. 방에서. 행복을. 각자의 침대에서. 부풀어 오르는 이불을 끌어안고. 문이 열리기를. 매일. 토막을 친다. 조각을 낸다. 붙잡을 수 없다. 방에서 나오면 방으로 간다. 벽이다. 비좁고 어두운 병. 빙빙 돌아가는 방, 방방 뛰어오르는 방광, 꿍음을 내며 돌아가는 세탁기. 물이 넘친다. 버킷리스트가 떠다녔고. 걸음이. 존재할 수 없다. 꼬리를 펄떡이며. 방을 나가야 한다. 다시. 산책할 수 있을지. 힘들게 달려왔던 자리가. 흔적 없이 사라지는 변방에서. 즉석 떡볶이를 먹으며. 즉석 방을 찾아. 어항 속 작은 물고기들의 주거 형태를 배워야 한다. 임대수익만 열 올리는. 촉수의 움직임을. 거주지를 갖지 못한. 물고기들의 산란과 어두운 바다 밑에서 벌어지는 아귀다툼을. 지속 가능한 집의 자리는 설계될지. 초보자들에겐 비교적 난이도가 높은 편이다. 빈약한 구도에 갇히기 싫다면. 수면 위로 떠오르는 방법을 풀어야 한다. 당신을 만날 수 있는 집은 어디일까. 다인용 식탁에서 풍요로운 배를 풀어 헤치고. 춤추는 아이의 아침을 볼 수 있을까. 새끼들을 배에 붙이고. 헤엄치는 돌고래여. 팽팽한 푸른 등에 올라. 생애 첫 계약서에 날렵한 사인을 넣을. 다정한 손가락, 그대를 통과하는 암호는.

# 가슴을 달자

유리컵이 미끄러진다 깨진 조각들을 밟는다 발바닥이 서늘하다 신선한 감정은 가장 바보스러워서 좋았다 일어나 창문을 연다 흰 것을 숭배하는 자처럼 불온한 손을 내민다

창밖의 아이들아, 너희들의 반항에 위선 따위는 없다 침을 뱉고 발길질을 한다 한낮의 빛은 날카롭고 푸른 종소리는 폭풍을 멈추지 못했지 오해의 속도는 굽이치고 어떤 노동보다 가파르다 발바닥에 흐르는 피는 나를 보호하지 못하고

검은 가루가 떠다녔다 치열하게 눈썹을 떠는 오후에는 포도밭으로 가자 흰옷을 입고 춤을 추자 포도를 던지고 포도즙으로 샤워를 하고 붉은 향기로

격렬하게 저항하는 어린 날을 데려와 기억을 재구성한다 유리컵이 떨어진다 누가 먼저 그랬냐고 다그치는 선생님이 있었지 싸우는 아이들도 선빵이 중요하다네 누구든 유리 조각을 다루는 방법에 대해 묻지 않는다 너무 쉬워

보여서 다 알고 있는 감정이라고 절대 베이지 않을 것처럼

　　우리를 내려놓을 곳을 찾아 불면의 시간 속으로 피에
젖은 발등으로
　　미끄러지는 언어에, 실패하는 대화에 가슴을 달자 언제
나 따뜻하고 물렁한 엄마의 것처럼 푹신한 식빵에 얼굴을
묻고 촉촉한 이해의 결을 따라 얄팍한 입술을 대자
　　프시케를 소환하여 잠으로 가자 열등한 뇌에게 온기를
주자 게으르고 느림의 춤을

　　절반의 발끝으로 꿀이 흐르는 가슴으로
　　하얀 이불이 떠다닌다

# 식욕의 자세

아무도 죽지 않는 날을 만들겠어요. 환생과 환상의 구름다리를 부수고 죽어도 죽지 않는 날을 위해. 나무로 만든 침대는 불타오르죠. 여전히 뜨겁지만 죽지 않아요. 타오르는 심장은 이미 불타고 있으니

나이프와 포크가 필요하겠죠. 밤마다 칼을 갈 필요는 없어요. 우아함을 버리면 되는 일. 원시적인 방법이 직관을 단련 시켜요. 미각과 후각은 진화할 테고 간사한 혀의 설득력으로

먹어치우기로 했어요. 손으로 이빨로 물어뜯어요. 송곳니가 천장을 뚫고 엘리베이터를 끌어올려요. 초고속으로 상승하는 아드레날린은 세상의 모든 맛을 빨아올려요.
맛을 알 수 없는 신원 미상의 음식들까지. 숨도 쉬지 않는 벌어진 입안

통증 없는 날을 만들겠어요. 죽어도 죽지 않는
해지는 쪽으로 행복한 기류를
오늘 밤 세상의 죽음을 훔치러 가요.
〉

요단강을 끓여요. 저승사자는 껍질을 벗겨 쉣깃 쉣깃 믹서에 넣고

먹방 유ㅌㅂ를 찍어볼까. 좋아요를 누르면 엄지 척이 되지만 난 배가 불러 풍선이 될까요. 괴물이 될까요

그동안 수고했다고 쓸모없어진 내장들을

나무로 만든 침대를 질경질경 씹어요.

우리가 함께 먹을 수도 있으니


잡다한 것들이 찬란한 효력을 발휘할 수도 있겠네요. 뼛속까지 시원한 소독약을 마셔요. 원숭이똥을 먹어요. 코피루왁의 특별한 능력처럼요. 우리의 배설물이 영원성에 기여한다는 가설이 사기가 되지 않도록


위장의 내부는 끔찍하지 않아요. 삶이 늘 복잡하듯이


앨리스는 기름 덩어리를 녹일 수 있을까. 토끼굴을 먹어요.

도마에 오른 반성의 서사를

닥치는 대로. 누워있는 시간을 뜯어 먹어요.

# 비인칭

비가 쏟아진다. 이름들이 쏟아진다. 밝혀진다. 얼굴 없는 사람들. 사라지는 사람들. 우연히 사람이 된 사람들이 필연적으로 살아가려고. 그것의 뒷모습에 직면했을 때, 그것은 사라지고 만다. 사라지는 것 사이 사라질 슬픔은 비구름이 되어 걸어가네. 그것은 원래부터 없었는데 있다고 믿는 감각으로 내내 피로하다. 관념적인 것과 감각적인 것의 차이는 만져지지 않는 구름과 보이는 구름의 차이. 관념적이지 않는 것이 뭐가 있다고. 빗방울이 떨어지는 것도 얼마나 관념적인가. 무한히 빼앗기고 좌절당하는 이름들. 하늘에서 이름들이 떨어진다. 지붕 위에. 손바닥 위로. 의연하게. 땅바닥으로 무난히 착지한다. 침입자로부터 그것은 아무것도 없는 것이 되었으나 언제나 있는 것처럼 마구 짓밟혔고. 그것은 그것이라고 명명되지 못하고 그것이 되어야 하는 운명. 재앙의 껍질처럼 뒹굴지. 탄생의 비밀은 빗방울의 단면처럼 은밀하게 산발적으로. 약속되었던 질서 앞에서 간곡히 엎드려야 돼. 유령처럼 가만히 있어야지. 비가 쏟아지는 날은 유령들도 자유롭지 않지. 비 맞은 유령은 폼 나지 않으니까 거주지를 소유하려는 세상이니까. 밟히지 않으려고. 흙탕물이 되지 않으려고. 투명한 표정으로 강물이 되기까지. 필요하지 않아도 바람이 분다. 우연히 그것이 되어 필연적으로 없음을 유지해야 돼. 아무 뜻 없는 것들이 뜻이 되는 순간을 위해. 이름을 찾아서. 최초의 지시어를 찾아서. 꽃이 되려고. 우연히 꽃잎이 되어 빗방울을 삼키려고. 여백을 기다리네. 빗방울은 너무 많아서. 아주 많아서. 아주 많은 것은 아무것도 없는 것이어서.

최재훈

a1789717@daum.net
010-7580-4021

***

- 제3회 정남진신인시문학상 수상
- 2018년 계간 『시산맥』 등단
- 문학동인 Volume 회원

***

공원에서
아이를 잃어버렸습니다

집으로 돌아와
텅 빈 몸을 뉘었습니다

아이는 내 얇은 눈꺼풀을 뒤집어쓰고
밤새 웅크리고 있었습니다

내일도 아이를 데리고
공원엘 갈 것입니다

# 맑은 하늘은 알몸인데 부끄럽지도 않을까

하늘이 밤새
엉킨 몸의 실타래를 풀고 있습니다
오늘밤 이 빗물을 다 풀어놓으면
내일은 알몸인데 어쩌려는 걸까요

골목 입구엔 해진 가로등 불빛을 걸치고
어둠이 엉거주춤 서 있습니다
속눈썹 아래가 주르륵 흘러내렸는데
추켜올려줄 사람은 보이질 않고

거리마다 빗줄기에 매달린 뒷모습들,
종이 뭉치가 되어 녹아내리고 있는데요
한때 희고 빳빳했을 저 뭉개진 종이들 위엔
어떤 희망들이 적혀 있었을까요

저기 저 외로운 가로수는 푸른 비늘을 휘날리며
아주 먼 곳에서 헤엄쳐 왔다 해요
돌아갈 바다는 아득하기만 한데
젖은 지느러미를 안간힘으로 흔드네요
〉

길바닥에 주저앉아 하염없이 비를 맞고 있던
깨진 돌 하나를 집으로 데려왔어요
방바닥에 굴리고 던지고 쓰다듬어봐도
무심하기만 합니다

얼마 전엔 할머니가
낡아빠진 몸을 소각장에 버리고 오셨는데요
방안에서 한 발짝도 나오시지 않더니
오늘밤엔 대문 밖까지 나가서
빗물을 주섬주섬 걸쳐보고 계십니다

하늘이 풀어놓는 빗줄기들을 걸고
이 밤의 재봉틀은 힘차게 박음질을 해대는데요
이러다가 온 세상이 물로 된
한 벌의 몸을 입게 될지도 모르겠습니다

# 사무원 백석이 흰 당나귀를 타고[*]

사무원 백석이 흰 당나귀를 타고
사무실로 출근을 하네
당나귀를 응앙응앙 울리며 출근을

어젯밤엔 사무원 백석의 가슴에
흰 눈이 펑펑 내렸고
흰 눈처럼
흰 여인이 흰 눈을 맞으며 서 있었고
차디찬 여인이었을 뿐인데

사무원은 사무치게 나타샤라 불렀네
흰 눈에 덮여 희미해져 가는 세상을
나타샤라 불렀고
세상 같은 건 더러워도
흰 눈에 덮여 버릴 수 없고

사무원 백석은 빌딩숲 깊은 골짜기로
당나귀를 응앙응앙 울리며
출근을 하네

출출이도 울며 하는 출근을
백석이라고 아니할 수 없는 출근을

빌딩숲 사이로 해맑은
해가 떠오르고
사무원의 가슴은 질퍽거리며 녹아내리고
당나귀는 질척거리며
그 위를 응앙응앙 밟고 가네

당나귀를 타고 나타샤를 생각하면
아니 올 리 없는 나타샤가
빌딩 광고판마다 환하게 웃고

서류 가방 속에는
어젯밤처럼 눈이 푹푹 내리는데

사무원 백석이 출근하는 것은
지는 것이 아니고
이기는 것도 아니고

흰 눈은 녹고 흰 눈은 결국
아무것도 아니지만

흰 눈도 내리다 녹으며 우는데
사무원 백석이라고 아니 울 수 없는
겨울밤을 외투처럼 걸치고

당나귀 등에 한가득 실려
사무치게 출근하는 사무원 백석들

어젯밤 꾸다 만 꿈을
다시 꾸는 듯
빌딩 광고판 쪽을 멍하니 바라보네

* 백석의 「나와 나타샤와 흰 당나귀」

# 기린과 기차를 타고 기타를 치며
# 김밥을 먹는 밤에


기차가 달리며
어둠으로 세상을 돌돌 말아
기다란 김밥을 만드는 밤에

누가 좀 먹기 좋게 썰어주면 좋겠지만
긴 목으로 꾸역꾸역 김밥을 삼키는 기린을 위해
생전 처음 잡아보는 코드로 기타를

슬프구나
생전 처음 잡아보는 코드는
기린과 기타를 치며 김밥을 먹다
목이 막혀 죽어도 좋을 만큼

김밥을 삼키느라
한 소절도 부르지 못하는 노래의 선율에
목이 잠긴 기린과
기차를 타고 기타를 치는 밤에
기타를 타고 기차를 치는 밤이라도 좋을 밤에
〉

슬픈 코드가 비에 젖은 사람들을 끝없이 토해내고
기차의 발 박자에 맞춰
손가락이 닳아 없어질 때까지
기타의 심장을 쥐어뜯는 그런 밤에

김밥을 삼키다 목이 기차만큼 길어진 기린과 다정하게
멈출 수 없는 이 코드를
하지만
기린의 목에는 너무 짧고
목이 짧은 나에겐 너무나 긴 이 코드를

달리는 차창 밖에서
검은 음표를 털어내는 나무들과 무관하게
기린과 기차를 타고 기타를 치는
말 못 할 이 기분과 무관하게

기타를 메고 기린과 기차를 탔고
기타를 치다 기타와 내가 마침내 다 닳아 없어질 때까지
기차는 달리고
〉

김밥을 물고 놓아주지 않는 기린의 울음이
기타의 심장 속으로 들어가
기린만을 위한 길고 긴 기린 코드 하나가 완성된다면

기지개를 켜며 깨어난 사람들이 다시 영영 잠들 때까지
기타 줄을 목에 칭칭 감는 그런 기린 코드가

기린의 목이 길고 길어져 기차를 뚫고
세상 모든 김밥을 삼켜버리는 그런

순간 끼익, 어딘가에 정차하자
기차가 철로 위에 무거운 발을 벗어놓고
텅 빈 차창을 글썽이는

# 까마귀의 유래

사내가 주머니에서
새를 꺼낸다
어쩐 일인지

이 검은 새는 달아나지도
죽지도 않습니다
우린 그때

겨울의 어느 해변이었고
새를 태우고 있었고
그것은

솜털처럼 따뜻하였다
검은 연기가 되어
날아가는 새를
한참을 바라보고 있었고

검은 새가
온 하늘을 품었고

칠흑 같은 밤이 태어난 것이다
어둠 속에서

사내를 향해
우리는 손짓을 한다
당신의 새가

재가 되기 전에 조금만 더
그것을 태웁시다
사내는 손에 든 새를

주머니에 구겨 넣는다
겁에 질린 표정으로
어쩐 일인지

이 검은 새가
저의 분신처럼 느껴집니다
우린 그때
〉

겨울의 어느 해변이었고
더 이상 태울
새가 없다는 걸 실감하였고
그것은

너무나 투명하였다
어둠 속에서 어둠 속으로 던진
우리의 손짓처럼
잿더미 위에

모래를 덮을 때
푸드덕 날아가던 마지막
새의 그림자처럼

사내는 마을로 돌아가
귀신을 보았다고
미친 듯 소리치며 다녔고

마을 사람들은

사내를

불길하다고만 생각하였다

# 나의 슬픈 키다리 실버*

그때 지구는 커다란 물혹, 사람들은 모두 그 안에 갇혀 있어. 아가미 없는 것들. 욕조에 배를 띄웠어. 맴돌기만 해. 다리가 둘인 물고기만 그물에 걸려. 그물 위에서도 달리는 걸 멈추지 않았지.

– 도망가는 중일 거야, 도망으로부터.

갈고리 같은 눈망울로 선장은 말했어. 휘어진 눈빛들이 발밑에 수북해. 유리병에 그것들을 주워 담았지.

비닐을 뒤집어쓰면 숨소리를 들을 수 있어. 죽어버렸을까, 서로에게 비닐을 씌워줘. 하늘은 검은 비닐 같아. 너덜너덜한 바람이 숭숭 새어 나와. 욕조에 얼굴을 담그면 숨소리가 보여. 물방울 모양으로 살아 있는데, 숨을 참고 있어.

– 꼬마야, 눈알을 아름답게 망가뜨렸구나.

나는 자꾸만 그림자처럼 굴었지. 캄캄해진 눈을 보여줬어. 유리병에서 꺼낸 눈빛을 내 눈에 걸어줬어. 선장의 오

른쪽 어깨에서 앵무새가 떠났어. 침묵에도 일일이 말을 덧
칠해야 했지. 한 번도 가보지 못한 바다가 가장 생각난다
며.

 – 고래는 없어, 고래가 눈앞에서 몸부림쳐도.

 최선을 다해 죽어가는 게 최선이라니. 갑판 위엔 별들이
떨어졌고. 작고 물컹한 그것들을 가만히 밟아보았지. 톡,
톡, 터지면서 발등에 침을 뱉더군. 그때 머리 위로 검고 거
대한 그 무엇이 천천히 내려오고 있었지.

 배수구 마개를 열면 아가미 없는 슬픔이 꾸르륵꾸르륵,
빠져나가. 지도 위에 낙서하다 잠이 들고 말았어. 목발 잃
은 외다리 실버가 꿈속을 지나갔어.

 * R. L. 스티븐슨의 『보물섬』에서.

# 테마시
## "지문"

강봉덕

문현숙

박진형

배세복

손석호

송용탁

이 령

최규리

최재훈

# 지문

강봉덕

그는 한꺼번에 많은 말을 쏟아냈고 나는 듣고 싶지 않은
이야기의 머리를 자르려고 같은 대답을 반복했다
자판기에서 방금 뽑은 일회용 날씨
자막으로 지나가는 헤드라인 뉴스를 읽었다
누군가 오늘의 날씨에 관해 진지하게 물었지만
난 그저 고개만 끄덕였다
병원에 들러 다한증검사를 했다
처방전을 읽지도 않고 길 잃은 손바닥을 기억해냈다
끝을 알 수 없는 구멍에선 계속 같은
손목이 터져 나왔으므로
애완견이나 한 마리 키워야겠다고 생각했다
나무에 숨겨진 지문이 팽팽해진 허공에 짖는다
소란스러운 길이 한꺼번에
몰려왔다 한꺼번에 사라졌다 나무에도 시끄러운
길이 있었다는 사실을 알아낸 나는,
그가 숨겨온 입을 숨겨주려고
서둘러 꽃을 지우고 여름을 불러냈다
나는 아직도 그가 말을 걸어오면

딴짓을 하거나 같은 말만 반복한다
짧은 손가락 끝이 계속 가려웠다

# 지문에 대한 에필로그

**문현숙**


나를 잠그면 네가 열린다, 그때마다 그가
앞에 놓인 TV를 켰고
등 뒤에 앉은 나는 잠겼다

그가 얼기설기 엮어놓은 안과 밖이
궁금하다면
앞을 가로막고 앉은 그의 습관적 일상의
중간쯤 흐르는
전파처럼
들어오거나 나가거나, 간혹 중요한 뉴스를 전해주거나,

천천히 그를 삼키는 티브이와 뒤통수만 남은 그를
물끄러미 바라본다
밖으로 밀려만 가는 나

그는 지문처럼 내 속으로 흐르지 않는다
손가락 끝에 견고한 비밀을 장전했는지
꾸리한 연초 냄새가 난다

지금 막 격발한 비밀 한 개와,

오늘이 나를 잠그고
그의 그녀를 연다

# 지문

**박진형**

다녀간 흔적을 불러 봅니다
잃어버릴 수 없는 열쇠가
살갗이 닿을 때마다 내 몸에서 일어납니다
골마다 촘촘히 박혀 그늘집니다
당신에게 건너가기 위해 달구어집니다
온몸을 파고들어 당신을 만집니다
평생 변하지 않는 견고함은
끝에 달라붙어 겹소리를 냅니다
숨소리 대신 향기로운 시선으로 음표를 그립니다
붉어진 주름 아래 낯선 표정이 독백합니다
꿈꾸는 문양은 쉽게 사그라지지 않아
비밀은 촘촘히 박힙니다
내가 간직한 눈동자는 얼마나 정직한가요
무늬를 따라 해독을 기다리는 암호가 깜박입니다
쉽게 해독되지 않는 미로에 불온한 틈이 생깁니다
오래 어루만져도 닳지 않는 당신을 해독하려
무르익은 끝마디가 뜨겁게 달구어질 때까지

# 모란이 지네

**배세복**


우리는 함께 산모롱이 돌고 있었네
들썩이는 내 어깨와 상관없다는 듯
당신은 꽃 무더기처럼 웃고 있었네
늙어버린 상여꾼들 더딘 가락에
구름은 겹겹이 모여 소나기 되고
그예 모란은 붉게 지고 말았네
떨어지는 꽃잎을 받쳐 두 손으로
꽃다발 만들어 걸어주고 싶었네
내 지문이 당신의 호수에 가서
몇 개의 파문으로 닿을 수 있다면
그럴 수 있다면, 상여꽃은 지고 있고
휘청이는 내 발길과 상관없다는 듯
당신은 내 품에서 활짝 웃고 있었네

# 지문

**손석호**


목공소가 댓바람부터 골목의 곤한 옆구리를 톱질하고
불규칙한 기후의 측면을 대패질한다
자르고 벗겨낼 때마다 갈라지고 모아지는 시간의 결
맞춰놓고 돌아서면 어긋나고
잠깐의 곁눈질에도 비뚤어지는 일상들
좁아진 나이테 구간의 연대기를 더듬으며
낯선 숲의 긴 겨울 안쪽을 걸어본다
닳은 손금 자리 부근에서 매번 길을 잃고
주저앉아 올려보는 지붕 틈
오래전 우듬지 사이 파랑이 들이쳐
빨갛게 멍드는 눈가
전동 톱의 공회전 속으로 오후를 밀어 넣는다
문득 손가락 개수를 확인할 때
문밖 은사시나무가 잎맥으로 노을을 눌러
바람과 구름 불러오고 어둠을 돌돌 풀어낸다
별을 따라가며 눈 줄을 긋자
얽히고설키는 우주
어디로 그으면 당신 무늬와 연결될 수 있을까

어디쯤에서 자르면 온전히 잃어버릴 수 있을까

나와 당신을 앞에 두고 머뭇거리는데

컴컴한 허공에 빗살무늬 토기를 빚는 수많은 별똥별

빈 행성에 홀로 도착한 볕이

수십억 년 동안 그린 무늬가 몸속에 살아 있어

우리는 나무의 종족

긴 진화의 시간 동안 무언가를 확인하기 위해 자르고
깎던

하루의 무늬가 비스듬히 이울고

손가락 끝 베어진 자리

소용돌이치는 슬픔

# 증거물

**송용탁**

    물티슈를 준비하는 사람이 나를 깨끗하게 만들어 줍니다 나는 엄지처럼 납작해지는 실수를 합니다 종이 위에 남은 게 진짜 나라고 외치는 사람들이 두렵습니다 그럼 붉은 엄지를 입에 물고 위로할까요 상처가 아닌데 괜찮을까요 누구와의 약속인지는 중요하지 않아요 내가 잠시 붉게 물들었던 역사만 웃습니다 효력이라는 말은 쉽게 무너지지 않아요 진짜 나를 도려낸 종이는 무수한 서류 속 구성원이 됩니다 쓸모없는 나는 잠시 화장실에서 오래된 수건처럼 행동합니다 세면대 손잡이처럼 나의 기분은 조절이 쉽습니다 수군대는 소변기들을 무시합니다 나는 딱 거울만큼 나를 보고 있습니다 거울의 지시어는 정확합니다 세면대가 나보다 깊습니다 도려낸 엄지 속 새살을 만져봅니다 붉은 물이 화장실을 증명할 것 같습니다 책임지지 못할 것 같아 나는 조금 남은 증거를 인멸합니다 토막난 입술이 무채색이 됩니다

# 손바닥으로 읽는 태초의 아침 — 지문

**이령**


칼세이건의 '과학적 다양성'을 들으며 곤히 잠든 아버지의 손금을 본다 당신의 손금은 내게 응축된 우주다 눈으로 아버지의 시간 속 여행에 합류하며 칼세이건의 이론을 좇는다 그가 과학에 있어 경험의 다양성을 주장하는 동안 내 눈은 혈맥을 빠져 나와 삼지문 찍고 재운선 돌아 태양선을 향해 달린다 생의 중력장에선 길이 다방면, 엄지 쪽 감정선은 골이 깊어 약지로 휘어지는 골짜기엔 바람이 잦았겠다 무명지로 이어지는 기억자 길은 자수성가형, 섬 속 섬엔 고독이라는 항성이 성단이 되었겠다 시간의 축적, 행성의 공전, 시원한 다운스윙, 아버지의 손금은 별들의 궤적이다 난 최대연직의 높이에서 가속이 멈춘 그의 내력에 대해 골똘한데 칼세이건은 과학의 경이가 그 어떤 종교에 대한 경외에 못지않다고 주장 한다 아멘! 이론에 대한 응용으로써 목마름의 이탈, 무중력의 중력, 악의 신 랑다의 머리카락과 맞닿은 삼지창쯤에서 난 몸을 불리는 알마게스트와 동일한 초신성이 되었다가 수륙양용 M3밴의 궤도쯤에 안착하는 푸르고 노오란 별이 된다 칼세이건의 이론이 빅뱅 하는 지금 아버지는 혼곤하고 난 깨어 있다 우리는 각자의 타임머신에 타고 있지만 손금에서 아버지와 난 동일과정설, 이쯤에서 손금이 내는 길은 유전이다 현생의 자식은 전생의 부모라는, 내생의 길은 현생의 궤적이라는 생각, 격정의 핵분열로 나를 잉태했을 아버지, 아버지의 온기, 이론이 진리가 되는 순간은 뜨겁다 지금 어느 행성에서 아버지는 송곳으로 없는 지문을 긋고 있는지 '올라할라 으으윽' 외계음을 발송 중이고 나는 아버지의 손바닥에 도킹 중이다 그의 지류에서 시작된 피돌기가 은하를 이루고 길은 말없이 눈길만으로 따스해서 아버지는 깨고 칼세이건은 별똥별로 사라진다

# 증거인멸

## 최규리


익은 감자보다 생감자가 좋았다 베란다에서 검은 비닐의 괴담을 듣던 중 봉지에서 손가락이 기어 나왔다 목을 조를 것이다 도망친다 엘리베이터는 타지 않는다 CCTV가 제한된 사각지대로 벽을 탄다 감자의 내성은 지난여름 사건 현장에서 시작됐을까 감자밭에서 변사체가 발견되던 날 삶은 감자를 흔적 없이 먹었다 혓바닥에서 스프링이 튀어나와 목이 메었다 삶은 아무 데나 목을 매는 것이다 증인 출석요구를 거절한다 감자에서 돋아난 증거를 삽질한다 뒤뜰 화단에 토막 쳐 묻어버린다 흙을 덮는다 목소리를 덮는다 발을 덮는다 푸르게 멍든 흔적을 씹는다 날것의 하얀 진물이 지문을 지운다 가공된 너는 암호를 채집한다 대화창에서 검은 막이 자란다 더 이상 손가락으로 너를 감싸지 못한다 팍팍하게 으깨진 안부를 묻는다 천 개의 얼굴이 웃는다 감자를 싫어하던 너를 묻는다 흙바람이 분다 덮어버리고 싶은, 걸어온 길은 새로고침

# 지문

**최재훈**


여기에 없는 당신의 손을 잡고
거기에 없는 내가 당신을 하염없이 돌려주니까
파도가 어지럽게 밀려오고
또 밀려가는 거겠죠

참지 못하고 자꾸 문지르니까
달빛에게서 실금이 돋아나는 거겠죠
오늘은 실금을 부축하고 조금만 더
멀리 나가볼까 해요

푹푹 모래 속에 빠져버린 걸음들을
하나하나 건져내며 돌아오는 해안가에서
밤하늘을 오래 보고 올까 해요

거기에 없는 누군가가
여기에 없는 누군가를 자꾸만 바라보려 하니까
밤하늘은 점점 팽창하는 거겠죠
〉

그러다 저 거대한 풍선이 터져버리면
온 세상 여기가 거기가 여기도 거기도 없이
여기저기 마구 뒤섞여버릴 테고
당신도 나도 모두 함께 뒤범벅되어 버려서
도대체 누가 누군지도 모르게

우주 만물이 하나가 되어버릴 테죠
얼마나 외로울까요
거대한 혼자가 된 우주 만물은

해변은 얼마나 많은 밤을 새우며
텅 빈 해변을 돌고 돌았던 걸까요
이 조그만 모래섬이
저렇게 많은 해안선을 가지려면

넘쳐나는 해안선을 감당할 수 없어
오늘밤도 밀려오는 파도를 밀어내며
모래섬은 밤새 뒤척일 테죠
〉

수평선까지 떠내려간 해안선들을 데려오기 위해
얼마나 많은 배를 띄워야 할까요

내 어깨에서 떠나간 실금이
해변을 절룩거리며 사라지는 모습을
어둠이 한 점도 남김없이 주워 담아주는군요

모래알 하나하나의 아픔들을
이 해변에 골고루 펴주기 위해
파도는 끝없이
쓸려왔다 쓸려가는 거겠죠

Volume
산문

# 시 한 그릇 하입시더

**문현숙**

배가 고프면 한 공기의 밥으로 힘을 얻는다. 하지만 영혼이 허기질 땐 한 편의 시나 음악, 그리고 그림 한 점으로도 위로 삼을 때가 있다. 휴일 아침, 어젯밤 늦도록 TV를 보고 있던 그가 밤을 꼴딱 새운 건지 나보다 먼저 일어나 로댕처럼 앉아 여전히 바보상자 속을 들여다보고 있다. 그의 곁에 모로 누워 머리맡에 놓여 있는, 어제 배달된 따끈한 시집을 설레는 마음으로 펼쳐 드는 순간,

"밥 안 주나."

인사처럼 건너온 그의 첫마디가 심상치 않다.

"당신은 맨날 밥만 먹고 살아요. 쫌, 있어 봐. 시가 나오려고 해."

나의 시퉁한 대답에 그는 또다시 네트를 넘어 튀어온 탁구공처럼 되묻는다.

"시인하면 밥 안 묵고도 사나. 사람 참."

허기를 참으며 그가 어렵사리 양보해준 덕분에 디저트 같은 귀한 시간을 얻게 되었다. 한 장 한 장 시집을 넘길수록 나는 어느새 칠월의 뜨거운 햇살을 정수리로 받아내며 바람 한 점 불지 않는 언덕을 숨 가쁘게 오르는 노파처럼

힘에 부쳤다. 안개 속인 듯 무엇에 홀린 사람처럼 읽고 또 읽어도 다시 그 자리에서 맴돌 뿐 다음 시로 넘어가질 않았다. 결국, 서너 편을 넘기지 못한 채, 활화산처럼 들끓어 오르는 머리를 두 손으로 움켜쥐고는 책을 놓아 버렸다.

"도대체 더는 못 읽겠어. 쓴 사람이 어렵게 쓴 건지 아니면 내 공부가 아직 부족한 탓인지, 서당 개 삼 년이면 풍월도 읊는다는데 4년 공부 도로 아미타불이야."

이 정도도 소화시키지 못하는 내가 시인이라 불려도 되는 건지 부끄러웠다. '슬럼프에 빠진 건가. 제대도 시작도 못 했는데 그만 쓸 때가 되었나.' 별의별 생각과 자괴감으로 방바닥에 벌렁 드러눕고 말았다. 청소년(U-20) 월드컵 축구가 대망의 결승 진출했다는 하이라이트 영상을 돌려보던 그가 TV 화면 속에 눈을 고정한 채 슬쩍 묻는다.

"또, 와?"

고개를 떨어뜨리며 내가 생 재래기 무치듯 대답했다.

"시 그만 쓸란다. 당신 헛고생시키는 것 같아 억수로 미안타."

그가 내팽개쳐진 시집을 가리키며

"도 바라. 내가 한 번 읽어 볼게."

라며 가져가서는 두어 장 넘기는가 싶더니 그 역시 시집을 스트라이크 아웃당한 야구선수 방망이 내던지듯 방구석을 향해 패대기치고 만다.

"치아라~마. 밥이나 도. 배고파 죽겠다. 이따구로 쓰니

155

사람들이 시를 안 읽고 시집이 팔리지도 않지. 새빠지게 번 돈 허투루 쓰고 싶지 않다카이. 한 그릇 밥보다도 못한 이런 글 쓸 거면 당신도 애초부터 때려 치아라."

그리곤 한마디 덧붙인다.

"생명을 구한다는 생각으로 시인님, 시인하시오."

글을 쓰다 보면 신선한 아이디어가 떠오르지 않아 답답한 시기가 많고, 결과라고 나온 것도 마땅치 않아서 짜증이 솟구칠 때가 있다. 같은 일상, 같은 공간, 같은 자극 속에 내가 갇혀 있지는 않았는지 생각해 본다. 참신한 발견이란 인간과 동떨어진 것이 아니라 내 속에도 있었고 상대 속에 또한 주변의 모든 사물들 속에도 있던 것은 아닐까 헤아려 본다.

앙리 마티스의 〈춤〉이란 작품은 '하늘을 파란색, 인물을 분홍색, 그리고 동산을 칠한 초록색' 등 본질적인 세 가지 색만으로도 동작이 다양한 다섯 명의 인물이 하나로 어우러져 전체적으로 통일감을 잃지 않도록 그렸다. 인물등의 위치를 악보의 음표처럼 조금씩 달리 변화를 주어 춤과 음악이라는 본능적이고 순수한 행위의 아름다움을 일깨워 준 것이다.

"춤은 삶이요, 리듬이다."

라며 춤을 좋아했던 그의 말처럼 글을 쓰는 일 또한 마찬가지라 여겨진다. 어떤 사람은 춤을 이끌고 어떤 이는 춤을 즐긴다. 또 누군가는 벅차게 흐름을 좇아가는 것 같지만 둥글게 맞잡은 손을 놓지 않았다. 그의 춤을 가만히 들여다보고 있으면 우리 사는 세상을 압축해 놓은 듯, 어떤 날은 즐겁고 어떤 날은 슬퍼도 위로가 될 듯 보인다.

나를 비롯한 모든 글쟁이들은 세상 모든 사람들이 하루의 지친 일상을 끝내고 집으로 돌아왔을 때, 그 누구나 맘의 위로가 되는 글 한 편 쓰고 싶은 꿈을 품고 살지 않을까. 무더위가 들끓어 오르는 여름 한낮, 톡 쏘는 한 잔의 사이다 속에 빨대를 꽂은 채 위로를 삼듯 여전히 TV에 눈을 꽂고 있는 그에게 슬쩍 한 마디 던진다.

"TV 고마 보고 시 한 그릇 하입시더."

# 논-픽션: 디지털 시대의 이중적인 삶

**박진형**

매체 이론의 미셸 푸코, 디지털 시대의 자크 데리다로 불리는 프리드리히 키틀러는 『축음기, 영화, 타자기』(문학과지성사, 2019)에서 "매체가 우리의 상황을 결정한다"라고 했다. 〈퍼스널 쇼퍼〉(2016)로 칸영화제 감독상을 받은 올리비에 아사야스의 영화 〈논-픽션〉(Doubles vies, 2018)은 종이책에서 E북이라는 매체의 변화가 어떻게 작가와 출판 시장에 영향을 미치는지 잘 보여준다. 신매체인 인터넷, 디지털, 모바일 시대를 살아가는 작가로서의 고민을 함께 풀어가게 해준 지적인 영화이다.

믿고 보는 배우 줄리엣 비노쉬가 셀레나 역으로 출연한 작품으로 화려한 볼거리는 없어도 기대에 부응하여 지적인 흥미를 충족시켜주는 영화이다. 무엇보다 글을 쓰는 처지에서 공감할 만한 내용이 많다. 디지털 시대 문학의 위기를 프랑스인 특유의 논쟁적 대화로 풀어가는 것이 매력적이고, 대화 속에 복선이 깔려 있어서 퍼즐 맞추기를 하듯 영화를 보는 맛이 있다.

종이책에서 E북으로 넘어가는 변화의 상황에 놓인 파리 출판계에서 소설가 레오나르(빈센트 맥케인 분)는 '픽

션'인 소설을 쓰면서 자신의 연애 경험담을 녹여 거의 '논 픽션' 수준으로 글을 전개한다. '모든 픽션은 자전적이 다'라고 생각하는 그의 소설에 주인공으로 등장하는 연 인 셀레나는 자신의 허락도 받지 않고 연애사를 소설로 쓴 그를 증오한다. 한국어와 영어판 영화 제목이 '논-픽 션'(Non-Fiction)인 것은 그런 의미일 것이다. 우리나라 문단에서도 사적 경험을 소설에 그대로 이용하여 문제가 된 경우가 더러 있는데 프랑스 문단에서도 그런 일이 발 생하는 모양이다.

프랑스어판 영화 제목은 '이중적인 삶들'인데, 이중적 이라는 의미는 소설 속의 삶과 현실 속의 삶이라는 이중 성뿐만이 아니다. 복잡하게 얽힌 인물들 자체가 이중적 삶을 살아간다. 인기 연속극에 출연하는 배우인 셀레나와 소설가 레오나르의 혼외 관계, 셀레나의 남편이자 성공 한 편집장 알랭(기욤 까네 분)과 젊은 디지털 마케터 로르 (크리스타 테렛 분)의 혼외 관계에도 이중성이 있다. 로르 는 양성애자로 나온다. 이것 또한 이중적인 삶이 아닌가. 디지털 시대에 허구와 실화, 소설과 현실, 사생활과 공적 인 생활의 구분은 가능한 것인가? 디지털 시대에는 모든 것이 뒤죽박죽이며 이중적일 수밖에 없다.

레오나르의 아내 발레리(노라 함자위 분)는 정치인의 비서관이다. 남편 레오나르의 외도 사실을 알고도 모르는 척하다 남편이 고백하자 용서해준다. 셀레나는 레오나르와 관계를 정리하게 되는데, 셀레나와 알랭 부부와 레오나르와 발레리 부부가 해변에서 만나는 장면에서 레오나르가 셀레나와의 연애사를 소설로 쓴다는 암시를 하면서 영화는 끝난다.

영화는 지성에 감추어진 위선을 드러내며 디지털 시대를 살아가는 현대인의 이중적인 삶의 모습을 섬세하고 통찰력 있게 그려낸다. 프랑스 특유의 지적인 수준급 대화의 향연은 멈추지 않는다. 결론은 열려 있으나 위태롭기 짝이 없다. 분명한 것은 없으나 매체의 변화로 인한 출판계의 변화뿐이 아니라 인간관계의 변화도 불가피한 것으로 보인다. 변하는 것과 변하지 않는 것은 무엇인지 자문해 본다.

영국 팝 듀오 버글스(The Buggles)의 노래 〈Video Killed the Radio Star〉(1979)는 비디오 시대가 도래하면 라디오 스타를 죽일 것이라며 라디오의 위기를 노래했지만, 현재까지 라디오라는 매체는 죽지 않았다. 다양한 형태의 E북이 등장했지만, 종이책의 시대는 끝났다고 말할 수 있을까? 종이책을 넘길 때의 감각은 결코 E북이 대신할 수 없을 것이다.

# 대왕소나무를 베끼다
## ― 대왕소나무숲 스토리텔링

**이령**

대왕의 혼(魂)인 양 송홧가루 나리는 봄, 풍매화 노란 숲길에 든다.

사철 푸르름은 절개의 상징이며 고매한 선비의 풍모와 닮았다. 곧추선 모습이 샤프한 선비 같은 상록성 바늘잎 큰키나무, 외양은 차갑지만 속 깊은 애인 같은 나무, 이즈음의 소광리 황장목 숲은 나무들의 은근한 사랑 놀음으로 사방팔방 알싸하다.

절벽에 뿌리내리고 무서리 폭설에도 곧추선 소나무의 절개는 군자의 풍모와 닮았다. "낙락장송 되었다가 백설이 만건곤할 제 독야청청하리라"던 성삼문이 있었는가 하면 하늘의 뜻을 알아가는 지천명의 이색은 "하늘의 뜻을 알고도 행복만 구하니 소나무 앞에서 부끄럽기 그지없네"라고 고백하기도 했으며 겸재 정선의 〈월송정도〉에는 민가와 냇가 너머 소나무 숲의 푸르름이 달빛 받아 살아 있는 듯 묘사되어 있으니 진경산수를 베낀 소나무의 고귀

한 자태는 과연 변함없는 청정의 상징, 선비의 풍모라고
하겠다.

문명 앞에 숲이 있고 문명 뒤에 사막이 남는다고 했던
가? 사랑을 잃고 사랑을 쓴다던 어느 시인의 고백과 동천
(冬天)에 빛나던 에레보스와 리켈의 반짝임도 이 숲에선
생명의 발아를 불러오는 밀어로 수런거리는 듯하다.


## ■ 대왕소나무의 사랑


### 1. 공명지조(共命之鳥) - 카루다와 우바카루다

공명지조(共命之鳥), 머리가 둘이나 몸은 하나인 카루
다와 우바카루다는 둘이면서 하나였다.

카루다가 자면 우바카루다는 깨서 적이 오는지 살폈고,
먹이가 생기면 사이좋게 나눠 먹었다. 카루다의 행복이
우바카루다의 행복이었으며 우바카루다의 슬픔은 카루
다의 슬픔이기도 했다. 행과 불행을 함께 겪는 운명공동
체!

폭우가 쏟아지던 어느 날이었다. 카루다와 우바카루다는 지친 날개를 접고 산속 동굴 포근한 둥지에서 서로의 젖은 날개를 말려주고 있었다. 카루다가 왼쪽 날개를 흔들어 우바카루다의 오른쪽 날개를 말려주고 우바카루다가 왼쪽 날개를 흔들어 카루다의 오른쪽 날개를 말려주었다. 금세 훈훈한 온기가 올라오고 둘이면서 하나이기에 늘상 있는 우기(雨氣) 정도는 그들에겐 되레 축복의 계절이었다.

카루다가 잠들면 우바카루다는 보초를 서고 우바카루다가 잠든 동안엔 카루다는 조용히 자장가를 불러주곤 했다. 떨어지는 빗방울이 또록또록 동굴 끝 바위에 물허벅을 만들고 송골송골 빗방울 장단은 안온한 사랑의 세레나데였다. 불어오는 바람은 서로의 체온으로 막아주고 있었다. 그렇게 둘이면서 하나였을 땐 시련은 오히려 서로의 사랑을 공고히 하는 매개체였다.


하나인 줄 망각하고 둘이라고 인식되는 순간 사랑은 거추장스럽기 시작했다.

카루다가 아프기 시작하자 우바카루다는 불편했다.


우바카루다는 투덜거리기 시작했다.

"니가 무거워서 나도 날 수가 없잖아! 니가 없다면 난 저 창공을 훨훨 날아갈 텐데, 이 화창한 봄날에 이게 뭐야!"

우바카루다가 무심코 던진 말의 비수가 카루다의 심장에 쌓이기 시작했고 하나지만 둘이 되어 카루다와 우바카루다는 몇 해를 아프게 아프게 건너고 있었다.

이번엔 우바카루다가 시름시름 앓기 시작했다. 어제 먹은 검은색 열매가 문제였다. 열매의 독이 온몸에 퍼지자 우바카루다는 말했다.

"카루다야! 미안해, 나는 더 이상 날지 못할 것 같아. 너의 힘찬 날갯짓으로 나를 아름다운 해변으로 데려다줄래? 석양이 지는 해변에서 달빛 부서지는 윤슬을 받으며 너의 품에 안겨 눈을 감고 싶어!"

카루다가 말했다.
"바보야 나의 날개가 아무리 튼튼해도 너의 날개가 없으면 나는, 아니 우린 날 수가 없어! 비상은 혼자서 그리는 꿈이 아니란 말이야."

카루다와 우바카루다는 동굴의 미명 속에서 조용히 눈을 감았다.

## 2. 비익조(比翼鳥), 연리지(連理枝)

맹인인 한 여자 아이가 태어났다. 아이의 눈이 되어준 아이의 아버지는 한쪽 다리가 없는 절름발이였다. 밤마다 아버지는 글자를 읽을 수 없는 아이를 위해 아이가 잠들 때까지 동화책을 읽어주었다. 거동이 불편한 아버지를 위해 아이는 아버지를 붙들고 함께 걷곤 했다. 이 아이가 성장해서 하버드대학에 수석 입학을 했다. 그녀가 쓴 에세이는 그해 최고의 작품으로 선정되고 입학식에서 소개되었다.

"나는 맹인이었기에 아버지가 읽어주신 동화책을 들으며 더 큰 상상의 세계를 경험할 수 있었습니다. 보이지 않았으니까 보이지 않는 무한의 세계를 가슴에 품을 수 있었으니까요"

눈이 보이지 않는 아이를 위해 아버지는 아이의 눈이 되어주었고 거동이 불편한 아버지를 위해 아이는 아버지의 다리가 되어줄 수 있었다. 불완전한 둘이서 완전한 하나가 되었기에 기적은 일어났다.

사랑은 '나는 나답게! 너는 너답게!'를 인정하는 것이었다.

"사람은 혼자라서 외로운 것이 아니라 둘이라서 더 외로운 것이다"라는 말의 속뜻은 사랑하는 그대를 너무나 그리워한다는 반증이겠다. 어느 시인의 말처럼 "나는 그대가 있어도 그대가 그립다"고 한 것은 사랑은 사랑할수록 그 깊이가 더해간다는 것이다. 그리움에는 면역이 없으니 사랑의 품이 깊은 이들일수록 더 외로운 것이리라.

극상(極相)의 숲은 시간을 말아 쥐고 있다. 대왕소나무를 찾아 오르는 산길은 초본과 관목 군락지와 양수림과 음수림까지 천이의 모든 진행이 이루어진 상태이기에 역사적인 배경지로서의 면모와 어울리고 숲의 깊은 내음과 위용이 더없이 신령스럽기까지 하다.

숲의 최초 주인공이었을 소나무들 주위엔 다른 나무의 그늘까지 견딜 수 있는 아니 소나무의 그늘에 기대어 사는 참나무며 서어나무, 산벚나무가 아웅다웅 모여 살고 으름덩쿨, 큰꽃으아리, 족도리풀, 맥문동은 개별 산림의 살림을 더욱 환하게 밝혀주고 있다.

산림과 살림과 어울림은 숲의 말없는 전언(傳言)이다. 조금씩의 부족함을 가진 식물군들이 모여 더 깊고 풍성한 군락을 이룬 것처럼 사람살이도 이와 같지 않던가?

166

"죽어서 하늘에서 만나면 비익조가 되자고 했고, 죽어서 땅에서 만난다면 연리지가 되자고 약속했는데, 이 한은 끝없이 계속되네."

당나라 현종이 안사의 난으로 자결한 양귀비를 그리워하며 한 말이다. 이처럼 내가 우리가 되는 순간은 아프다. 사랑의 완성은 혼자가 아니라 나보다 더 나 같은 그대와의 합일, 바로 우리가 되었을 때 가능한 것인가?

암수의 눈과 날개가 각각 하나씩이라서 짝을 짓지 아니하면 날지 못한다는 전설의 새가 비익조다. 한 나무와 다른 나무의 가지가 서로 붙어서 나뭇결이 하나로 이어져 마치 한 나무로 살아가는 것이 연리지다.

불완전한 개인이 모여 서로의 결점을 보완하고 완전체를 이루는 사람살이의 모습이 비익조라는 상상계와 연리지라는 현상계, 자연의 이치와 너무도 닮았다.

현종과 양귀비의 사랑, 영화 〈메디슨카운티의 다리〉에 나오는 두 주인공의 사랑이 남녀 간의 지극한 사랑을 말한다면 함석헌의 시구에 나오는 '그 사람'은 뜻을 같이하는 지음지교(知音之交)의 사랑이겠다.

아가페 사랑(무조건적, 부모님의 사랑), 팔리아 사랑(친구 간의 사랑, 우정), 에로스 사랑(이성과의 사랑), 스토르케 사랑(가족 간의 사랑), 사랑이란 사랑은 불완전체들이 모여 완전체를 일구어가는 지극한 사람살이의 과정이지 않을까!

그 사람, 단 한 사람, 운명적인 사랑이 없다고 불행할 것이 아니라 누군가에게 그 사람, 단 한 사람, 운명적인 사랑이 되기 위해 노력한다면 근원적인 고독의 씨앗은 아름다운 생의 꽃을 피우고 마침내 숲을 이루게 될 것이다.

# 엄마의 양은밥상

전하라

어느 시인의 시를 읽다가 엄마의 밥상을 추억해본다. 친정아버지가 돌아가신 후 엄마는 오랫동안 혼자서 눈물밥을 드셨음을, 결혼하고 한참을 살아낸 후에야 엄마의 둥근 알루미늄 밥상은 바로 아버지였음을 알게 되었다.

내가 초등학교 때부터 아버지는 백운면 장에 가서 담배를 떼다가 팔았다. 아버지가 언제나 집을 나설 때는 하얀 고무신에 중절모를 쓰시고 수염을 훑으시며 엄마에게 "여보, 내 시장에 다녀오리다." 하며 나가신다. 밥 먹을 시간이 되어도 오시지 않는 아버지를 기다리는 엄마는 아버지가 이제나 저제나 오시길 기다리지만, 해가 넘어가고 어둑해질 무렵에야 동네어귀에서 동네가 떠나가도록 내 이름을 부르시며 들어오신다. 집을 나설 때는 엄마에게 웃음을 주고 나가고 돌아올 때는 막내인 내 이름을 부르시며 고래고래 소리지르며 비틀거리며 오신다.

술이 거나하게 취하셔도 담배보따리를 놓치지 않고 메고 오시는 것을 보면 신기할 정도다. 아버지가 5일장에 다녀오시는 날엔 담배보따리를 툇마루에 휙 던져놓으신다. 백운면 장에만 가면 양조장에서 미끼로 던져진 술찌게미

169

냄새를 이기지 못하는 아버지가 양조장에서 수영을 하신 듯 취해서 들어오신다. 술을 많이 드시고 와도 꼭 집에 와서는 밥을 드시기에 엄마는 그런 아버지가 미워서 눈을 흘기며 몇 마디 궁시렁거리신다. 술 취한 아버지의 귀엔 욕설처럼 들렸는지 드시고 있던 밥상을 마당에 패대기친다.

아버지가 평상시에 하시는 말씀이 "술 취했을 때에는 말대꾸를 하거나 뭐라 말하면 이성을 놓으니 술 취해 있을 때는 말대답을 하지 말고 화나도 참으라."고 신신당부 하시지만 그게 말처럼 쉽지 않기에 엄마가 큰소리친 것도 아니고 흘겨보며 조금 궁시렁거리는 것만 봐도 아주 싫어 하셨다.

아버지가 매번 던진 밥상들이 처음엔 모서리가 나가고 어느 날엔 상다리가 부러져서 부엌으로 던져졌다. 나무밥상이 깨어져 아궁이로 들어간 후 알루미늄 둥근 밥상이 입양되어 왔다. 그 밥상은 이제 아버지가 술 드시고 와서 엎고 던져도 휘어지기만 하지 깨어지진 않았다. 상이 휘어질지언정 깨어지지 않는 것처럼 아버지와 엄마의 사랑은 그 어떤 것에도 굴복하지 않고 사랑으로 토닥거려줌으로 단단해지신 것 같다.

나의 엄마는 재취였다. 딸이 둘 있는 홀아비에게 시집온 후에 남편이 아파서 누워 있는 날이 많으셨는데 어떻게 견디셨는지 그 세월을 생각만 해도 이해가 안 되었다.

아버지가 돌아가시고 엄마는 정신을 약간 놓으셔서 집을 나가시면 잘 찾아오지 못해서 몇 번을 오빠와 올케가 찾으러 다녔다. 행주 삶는다고 불을 켜놓고 나가셔서 멍하게 마을 회관 앞에 앉아 있기도 하고 집에서 음식이 넘쳐도 모르고 먼 산을 보고 눈물을 훔치는 날이 허다했다고 한다.

하루는 "시집와서 남편이 많이 아파서 평생 고생하였는데 뭐가 그리 슬프냐?"고 내가 엄마에게 물어봤다. 그랬더니 엄마의 말씀이 "논밭에서 일할 때는 힘이 들어서 죽을 것만 같다가도 대문만 열고 들어설 때 아버지가 '왔는가?'라는 말을 듣는 순간 죽을 것 같던 삭신에서 힘이 나고 기뻐서 얼른 밥을 해서 드렸다."고 한다. 그래서 지금도 "아프셔도 살아계시기만 하면 좋겠다."고 하시며 그리움으로 깊게 패인 주름이 살짝 떨리신다.

어느 해인가? 시골에 가서 청소해 준다고 대청소를 하다가 부엌 안쪽에 놓인 녹슬고 칠이 벗겨진 둥근 알루미늄 밥상을 발견했다.

나는 다짜고짜 "제발 그 상 좀 버려, 상도 많은데 지저분하게 그 상으로 밥을 먹냐?"고 엄마에게 윽박질렀다.

그때 엄마는 "네, 아버지 생각이 나서, 같이 먹던 그 시절이 좋아서 버릴 수가 없었다. 이 상에 놓고 먹으면 아버지와 함께하는 것 같아서 좋다. 엄마도 몇 번씩이나 상을 버렸다가 다시 가져왔다."라고 말씀하셨다. 그 말을 듣는 순간 내가 엄마의 추억을 도려내고 있었음을 깨달았다. 그 후에 시골집에 가서 엄마의 추억 밥상을 찾아도 보이지 않아서 엄마에게 알루미늄 둥근 밥상이 어디에 있느냐고 물어봤다.

그랬더니 내 말을 듣고 난 후 몇 번을 버리고 또다시 가져왔다고 하신다. 도저히 못 버리고 다리만 떼어내고 쟁반으로 쓰고 있다는 말에 두 분의 그리움이 아직도 진행형임을 알게 되었다.

나는 엄마에게 잘했다며 손을 잡아드렸다. 다리 없는 밥상을 보니 엄마의 그리움이 절룩거린다.

Volume

연혁

## 〈문학동인 Volume〉 연혁

**[2016년]**

겨울/ 〈문학동인 Volume〉 태동.

　　이령, 권상진, 주하, 홍철기 동인 결성 협의.

**[2017년]**

7월/ 〈문학동인 Volume〉 온라인 카페 개설

　　(http:// cafe.daum.net/donginvolume).

　　이령, 권상진, 주하, 홍철기, 강봉덕, 전영아 가입.

12월/ 배세복, 손석호, 강시일, 최서인 가입.

**[2018년]**

1월/ 주하 2018년 경상일보 신춘문예 동시 부문 당선.

　　박진형, 임지나 가입.

2월/ 〈문학동인 Volume〉 창립총회.

　　-일시: 2018.02.24. 17:00

　　-장소: 경주 드롭탑분황사점 세미나실/ 일성콘도

　　보문

　　-초대회장단선출(회장: 이령, 부회장: 권상진,

　　사무국장: 홍철기, 감사: 최서인, 카페지기: 주하)

5월/ 이령 첫 시집『시인하다』(시산맥사) 출간.

7월/ 권상진 첫 시집『눈물 이후』(시산맥사) 출간.

9월/ 동인지『문학동인 Volume 창간호』

    (볼륨커뮤니케이션) 출간.

    강봉덕 첫 시집『화분 사이의 식사』(실천문학사)

    출간.

10월/ 손석호 제6회 등대문학상 최우수상 수상

    (시「장생포」).

    주하 탈퇴. 서동명, 조율, 송용탁 가입.

    배세복 카페지기 승계.

11월/ 〈문학동인 Volume〉 제2차 정기총회.

    -일시: 2018.11.03 14:00

    -장소: 경주 드롭탑분황사점 세미나실

    캔싱턴리조트

12월/ 권상진 제7회 경주문학상 시 부문 수상.


**[2019년]**

1월/ 박진형 2019 국제신문 신춘문예 시조 부문 당선.

2월/ 이령 시집『시인하다』(시산맥사) 한국문화예술위

원회 문학나눔도서 선정.

강봉덕 시집 『화분 사이의 식사』(실천문학사) 한국문화예술위원회 문학나눔도서 선정.

권상진 시집 『눈물 이후』(시산맥사) 한국문화예술위원회 문학나눔도서 선정.

3월/ 〈문학동인 Volume〉 제3차 정기총회.

　－일시: 2019.03.23. 15:00

　－장소: 경주 드롭탑분황사점 세미나실

　　일성콘도보문

　　조율 탈퇴. 이명윤, 장은희 가입.

7월/ 동인지 『문학동인 Volume 2집』(시산맥사) 출간.

9월/ 임지나 제22회 『시와경계』 신인상 수상.

　　강시일 제49회 『문장』 수필 부문 신인상 수상.

10월/배세복 첫 시집 『몬드리안의 담요』(시산맥사) 출간.

11월/ 〈문학동인 Volume〉 제4차 정기총회.

　－일시: 2019.11.09 15:00

　－장소: 경주 월암재

　－2기 회장단 선출(회장: 박진형, 부회장: 손석호,

사무국장: 배세복, 카페지기: 강봉덕)

최재훈 가입. 서동명, 이명윤 탈퇴.

## [2020년]

1월/ 이령 제2시집 『삼국유사 대서사시-사랑편』
(한국문화관광콘텐츠협의회) 출간.

2월/ 강시일, 권상진, 임지나, 장은희, 전영아, 홍철기
탈퇴.

3월/ 김성백, 최규리 가입.

4월/ 배세복 전자시집 『당신의 중력 안에』(디지북스)
발간.

7월/ 동인지 『문학동인 Volume 3집』(북인) 출간.

10월/ 〈문학동인 Volume〉 전자시집 『편지, 시를 향한
연서』(디지북스) 발간.

11월/ 송용탁 〈제3회 남구만 신인문학상〉 당선.

12월/ 손석호 첫 시집 『나는 불타고 있다』(파란) 출간.

강봉덕 〈제1회 울산하나문학상〉 수상.

문현숙, 전하라 가입.

**[2021년]**

3월/ 손석호 전자시집 『밥이 나를 먹는다』(디지북스)
　　발간.

4월/ 배세복 제2시집 『목화밭 목화밭』(달아실) 출간.

5월/ 송용탁 〈2021년 5·18 문학상 신인상〉 수상.
　　손석호 시집 『나는 불타고 있다』(파란) 한국문화
　　예술위원회 문학나눔도서 선정.

7월/ 최규리 『시와세계』 평론부문 신인상 수상.

8월/ 동인지 『문학동인 Volume 4집』(달아실) 출간.


■　현재 강봉덕, 김성백, 문현숙, 박진형, 배세복, 손석
　　호, 송용탁, 이령, 전하라, 최규리, 최서인, 최재훈
　　(이상 12인)으로 구성되어 활동 중.

**문학동인 Volume 제4집(2021)**

**The literary coterie 볼륨**

| | |
|---|---|
| **1판 1쇄 발행** | 2021년 8월 30일 |
| **지은이** | 문학동인 Volume |
| **발행인** | 윤미소 |
| **발행처** | (주)달아실출판사 |
| **책임편집** | 박제영 |
| **디자인** | 전형근 |
| **마케팅** | 배상휘 |
| **법률자문** | 김용진 |
| **주소** | 강원도 춘천시 춘천로 257, 2층 |
| **전화** | 033-241-7661 |
| **팩스** | 033-241-7662 |
| **이메일** | dalasilmoongo@naver.com |
| **출판등록** | 2016년 12월 30일 제494호 |

ⓒ 문학동인 Volume, 2021
ISBN 979-11-91668-10-0  03810